POLA SCHNEEMELCHER

DÜMPELN

ROMAN

Almost

Für Papa

Ich spürte eine Spinne an meinem rechten Bein hochkrabbeln und strich sie mit dem linken Fuß vorsichtig ab. Hinter mir in der Dunkelheit wimmerte die Journalistin. Es war nachtschwarz, und wir konnten nichts tun außer warten. Darauf, dass Emil zurückkommen würde. Oder darauf, dass der Einsiedler doch plötzlich aus dem Dickicht des vietnamesischen Dschungels hervorspringen und uns finden würde. Oder darauf, dass diese Spinnen giftig waren und wir auf nichts mehr lange warten müssten. Wieso sind wir hergekommen?, flüsterte die Journalistin. Aber sie wollte keine Antwort. Ich streifte eine weitere Spinne vom Bein. Es war unvermeidbar gewesen. Von dem Moment an, in dem ich Emil wiedergetroffen hatte, war es unvermeidbar gewesen. Ich war nicht gefragt worden, oder vielmehr: Ich hatte keine Fragen gestellt. Ich hatte einfach nur auf meine Geschichte gewartet.

TEIL 1

Nach Vietnam reisen jährlich mehr als 10 Millionen Tourist*innen. Sie bleiben im Schnitt 9 Tage u. kommen in erster Linie aus China, den USA, Deutschland und Frankreich. Während ihres Aufenthalts besichtigen sie vor allem die Hạ Long Bucht, den Hoàn Kiếm See in Hanoi, Hội An in Zentralvietnam, die Insel Phú Quốc, Sa Pa im Norden. Sie bereisen Berge, Buchten, Städte und Strände.

Aber Vietnam sehen die meisten nicht.

METROPOL HOTEL HANOI

Emil hatte mich gebeten, direkt an den Hintereingang zu kommen, der sei von der Straße aus gut sichtbar ausgeschildert. Er war in vielerlei Hinsicht ungeduldig, und ausführliche Wegbeschreibungen wie den umständlichen Weg vom Vordereingang bis in den hinteren Teil des Hotels gehörten schon aus Prinzip nicht zu den Dingen, mit denen er sich aufhielt. Ich wäre seiner Bitte auch nachgekommen, hätte ich nicht plötzlich das starke Bedürfnis verspürt, vor unserem Treffen nochmal die Toilette aufzusuchen. Und so schob ich mich um fünf vor drei durch die goldene Drehtür der Lobby des Metropol Hotels in Hanoi.

Für einen kurzen Moment befürchtete ich, der schmächtige Page in der viel zu großen Anzughose auf der anderen Seite der Tür würde mich für ein solches Etablissement als ungeeignet befinden und wegschicken, aber diesen Gedanken verwarf ich schnell wieder: Das Hotel hatte seit seiner Gründung im Jahr 1901 von Fidel Castro bis Donald Trump alles und jede*n beherbergt und dabei hinsichtlich Herkunft, Charaktereigenschaften oder politischer Vorlieben großzügig beide Augen zugedrückt. Ich konnte also davon ausgehen, dass es auch mich nicht umgehend wieder auf den penibel gefegten

Bordstein befördern würde. Der Page machte dahingehend auch keine Anstalten, sondern betrachtete gelangweilt die Unterseite seiner Schirmmütze, als ich ihn passierte.

In der Lobby herrschte geschäftiges Treiben bei gedämpfter Geräuschkulisse, wie das im Allgemeinen von einem Hotel dieser Größe und dieser Preisklasse erwartet wird. Hinter einer großen Rezeption aus dunklem Holz hingen goldene Uhren an der weißen Marmorwand, die die Zeit in anscheinend wichtigen Städten der Welt anzeigten – London, Tokyo, New York, Madrid, Sydney. Vor den Uhren redeten ein Hotelmanager und zwei Angestellte in verständnisvollem Tonfall auf zwischen Schulter und Wange geklemmte Telefonhörer ein und malträtierten gleichzeitig große schwarze Bücher mit Rotstiften. Gäste standen herum und mimten Selbstsicherheit. Geschäftsreisende machten den Anschein, als hätten sie für den Prunk um sie herum keine Zeit, und auch die wohlhabenden Privatleute, die zum Ausgang und der nächsten Besichtigung eilten, wirkten von ihm wenig überrascht. Nur eine Gruppe von vier britischen Senior*innen betrachtete mit verstohlener Bewunderung die tiefhängenden Kristalllüster und schweren, cognacfarbenen Ledersofas, bevor sie in die vielfach angepriesene hauseigene Haute Brasserie verschwanden, um einen mittelmäßigen Kaffee zu authentischen Pariser Preisen zu genießen. Ich dagegen hatte nur ein Ziel: die Küche. Denn ich wollte nichts anderes, als eine Fritteuse verkaufen.

Ich war nach Vietnam gekommen, um zu schreiben. Man hatte mir gesagt, dass der Kaffee hier stark und die Zigaretten besonders günstig seien, zwei Komponenten, die gemeinhin als für die Kreativität nicht nur förderlich, sondern unabdingbar gelten. Ich selbst verband Vietnam ansonsten nur mit Kommunismus und Planwirtschaft, aber ich brauchte ja nicht viel. Bedauerlicherweise konnte ich mir weder das Rauchen noch das Kaffeetrinken angewöhnen. Diesem unglücklichen Umstand war es auch zu verdanken, dass ich seit meiner Ankunft hier kaum geschrieben hatte. Die zweiunddreißig Kugelschreiber, die ich vorsorglich mitgenommen hatte, waren voll, und ich konnte meine eigene Unzulänglichkeit an ihren Minen ablesen.

Mein mangelnder Aktionismus lag also nicht etwa am vietnamesischen Wirtschaftssystem, das mit einer Fülle von erwerbbaren Kugelschreibern aufwarten konnte, die statt meiner eigenen von mir hätten verwendet werden können. Jahre zuvor in Kuba, wo ich ebenfalls hingegangen war, um zu schreiben, hatte ich die wirtschaftspolitischen Umstände und die daraus folgende Verknappung von Kugelschreibern noch ohne größere moralische Bedenken willkommen geheißen und mich an den Strand gelegt. Hier hingegen hatte mich die Erkenntnis, weder Kaffee noch Zigaretten zu vertragen, so weit zurückgeworfen, dass an ein geregeltes, kreatives Arbeiten vorerst nicht zu denken war. Ich hatte es zwar mit Wrigley's Doublemint und Trà đá versucht, aber es war nicht dasselbe. Und so lief ich herum, wartete auf meine Geschichte und verkaufte die ein oder andere Fritteuse.

BERLIN

Die Idee mit den Fritteusen stammte nicht von mir. Sie stammte von einem Cousin, der Anwalt war und sich vor einigen Jahren vier Wochen Zeit genommen hatte, um sich in Südostasien selbst zu finden. Ich hatte mir sein geistiges Eigentum widerrechtlich zu eigen gemacht, als er eines Weihnachts über Großmutters Tafelspitz darüber sinnierte, dass es in Vietnam keine dicken Menschen gäbe, weil dort so gesund gekocht würde.

Es hörte ihm kaum jemand zu. Er hätte sich mehr echauffieren, vielleicht die Gabel mit Nachdruck in den faserigen Tafelspitz rammen müssen, aber er sprach sachlich, als wollte er eine*n aufgebrachte*n Klient*in beruhigen. Allerdings rutschte ihm jedes Mal, wenn ihn etwas emotional erregte, seine Nickelbrille halb von der Nase. Mit seinem Zeigefinger schob er sie stets akkurat auf die Wurzel zurück. Jahre später sollte ihn diese Geste die Ehe kosten, als seine Frau monierte, er sei vorhersehbar geworden. Ob sie nun kurz vor dem Geschlechtsverkehr stünden oder er heikle finanzielle Investitionen mit ihr besprechen wollte, die Interaktion würde stets von dieser Geste eingeleitet. Auch der Umstieg auf Kontaktlinsen vermochte die Liebe nicht zu retten. Die Bewegung hatte sich bereits in das Unterbewusstsein eingenistet, war dort heimisch geworden, zu einer Verlegenheitsgeste herangewachsen, die nach wie vor nach dem Brillensteg suchte und, wenn sie ihn nicht fand, in ein zweimaliges Reiben der Nasenwurzel überging.

Was seine Frau Jahre später zu diesem konsequenten Schritt bewog, irritierte mich an diesem ersten Weihnachtsfeiertag allerdings so sehr, dass ich seinen unangebrachten Äußerungen zuhörte, auch wenn es zunächst sonst niemand tat. Er referierte also über das angeblich fettfreie Essverhalten der Vietnames*innen und unterstrich seine Theorie, dass die Nahrungsaufnahme dort weniger dem Genuss als dem reinen Überleben diene und niemandem aufzufallen schien, dass alles nach Reis und damit immer gleich schmecke. Widerstand zum eben Gesagten regte sich keiner. Stattdessen wurde »der Vietnamese an sich«, dieses fetttriefenden Genusses beraubt, von allen Seiten aufrichtig bedauert. Man lud sich eine weitere Portion Tafelspitz und Klöße auf den Teller und sinnierte mit vollem Mund darüber, warum die Basis der modernen Ernährung, die Kartoffel, vor den Toren dieses Schwellenlandes offenbar Halt gemacht hatte. Über die verwunschenen Pfade der Logik tröpfelte das Gespräch weiter, um irgendwann in der erstaunten Frage zu münden: Wie, du konntest da zwischendurch nicht mal Pommes essen?! – Als sei das der Kern der Sache. Es folgten einige Erklärungen darüber, dass tatsächlich Teiggebäck, ähnlich unseren Krapfen, in aufwändig erhitztem Fett frittiert würde, allerdings unter unhaltbaren hygienischen Bedingungen. Eine Fritteuse habe man dagegen nicht gesehen. Angesichts dieses rassistischen Nonsens ergriff ich spätestens da die geistige Flucht.

Der Unwillen vieler Reisenden, das „wahre Vietnam" zu sehen, zeigt sich z.B. im Umgang mit der vietnamesischen Küche.

Beobachte hauptsächlich drei Gruppen:

1. die, die überrumpelt sind, dass vieles in Vietnam anders aussieht und schmeckt als in ihrem „Asia Imbiss";

2. die, die diese Unterschiede als „exotisch" betiteln u. Genuss gewisser Speisen (z. B. Schlangenherz, Hundefleisch) als Abenteuer / Sensation dokumentieren;

3. die, die nur in westlichen Restaurants essen gehen.

Gerade das Essen sagt so viel über Vietnam aus:

- über die Geschichte (u. a. ursprünglich chinesische Zutaten wie Sojasoße o. Herstellungsarten wie Fermentation; französische „Importe", z. B. Bia, Bánh mì),

- über Regionales (z. B. zentralvietnamesische Küche aufgrund geographischer Gegebenheiten viel schärfer als nord- und südvietnamesische),

- über Lebensphilosophie (s. 5-Elemente-Regel, Yin & Yang),

- über Gesellschaftliches (z. B. Rolle von Mann/Frau bei Essenszubereitung, Hierarchie zwischen Älteren/Jüngeren am Tisch),

- über Soziales (z. B. Präsenz von Fleisch seit Wirtschaftsliberalisierung).

Ein halbes Jahr später drängte sich jener Cousin in mein Gedächtnis zurück, als eine mäzenatische Großtante meine Pläne bezüglich Südostasiens mit einem »Undwaswillstdudortmachen?« quittierte.

Diese Großtante hatte einen gewissen Narren an mir gefressen, was jedoch nicht auf ein besonderes literarisches Interesse ihrerseits oder meinen liebenswerten Charakter zurückzuführen war. Vielmehr war sie nach dem Krieg (dem Zweiten) mit der Gründung einer Heiratsvermittlung zu beträchtlichem Vermögen gekommen. Auf Grundlage platonischer bis amouröser Experimente mit einem Astrologen, einem Physiker, einem Floristen und einer Werbetexterin, die alle von 1954 bis 1959 unglücklich in sie verliebt waren und bedingungslos ihr geistiges Eigentum preisgaben, entwickelte sie einen ausgeklügelten Algorithmus, der Herzstück und Erfolgsgarant des Unternehmens wurde. Daneben bediente sich die Tante konsequenter Anonymität und strikter Bürokratie, Umstände, die der Liebe den grausamen Charakter der Unvorhersehbarkeit nahmen. So ermittelte der komplizierte Algorithmus auf Grundlage eines zweihundertseitigen Fragebogens passende Paare, die den jeweiligen Klient*innen nach erfolgreicher Berechnung umgehend in einem offiziellen Schreiben mitgeteilt wurden. Mithilfe eines beigefügten Antwortformulares konnten die Klient*innen, die sich gegenseitig lediglich als sechsstellige Nummern vorgestellt worden waren, der Kontaktaufnahme zustimmen oder sie ablehnen. Willigte man ein, gab man implizit seine Zustimmung zu gewissen Regeln: Ein Brief, zugesandt an das unternehmerische Postfach und dort auch von der oder dem numerischen Unbekannten in Empfang genommen, musste innerhalb von sieben Tagen beantwortet werden. War diese Frist nicht einzuhalten, musste dies in einem informellen Zweizeiler unter Angabe von Gründen bis zwölf Stunden vor Ablauf der Frist der Agentur mitgeteilt werden. Der Austausch von Fotografien – Bildausschnitt vom Scheitel bis zum Rumpf, keine Aktfotografie – hatte vor dem ersten Treffen zu erfolgen, wobei die Agentur keine Garantie für die Richtigkeit und Detailgenauigkeit der Abbildungen übernahm. Ein Treffen erfolgte auf eigenes Risiko. Wollte man den Kontakt beenden, musste dies ebenfalls in einem formlosen Schreiben der Tante mitgeteilt werden, Porto beigefügt. Denn dann war es an der Tante, einen fantasievollen Brief zu formulieren, der den postalischen Austausch möglichst galant und ohne größeren Personenschaden beendete. Gleichzeitig konnte dem fahlen Beigeschmack verlorener Herzen, den diese Briefe auch für die Tante gehabt haben müssen, sofort Abhilfe geschaffen werden, indem der Algorithmus erneut seine erfrischend rationale Arbeit aufnahm und dem oder der gerade Verlassenen eine neue, hoffnungsvolle Nummer errechnete, die er oder sie einen Tag nach dem Versand des Abschiedsbriefes erhielt. Der Erfolg dieses Unternehmens gründete sich dabei nur teilweise auf der Masse der Klient*innen, denn deren Verzweiflung unterlag der Steuerpflicht. Die Dankbarkeit glücklich vereinter Paare dagegen war steuerbefreit, umfangreich und lebenslänglich oder galt zumindest bis zur Scheidung. In dem Fall gab es natürlich sofort wieder Bedarf nach einer neuen Nummer. Vor dem Scheitern der Ehen sah die Tante aber die Bahamas (Vermittlung eines Reiseveranstalters), fuhr ein schickes rotes Cabrio (Vermittlung eines Autohändlers) und genoss freie Kost und Logis bei den drei Hotels, die sie den Verliebten grundsätzlich als Hochzeitslokalität empfahl. Diese weitreichenden Kontakte sicherten die Agentur auch in wirtschaftlich schwachen Zeiten ab, denn selbst das Geschäft mit der Liebe unterliegt Konjunkturschwankungen. Es war ein offenes Geheimnis, dass die Tante während der aufkommenden Hochzeitsunwilligkeit der späten sechziger Jahre selbst den einen oder anderen Brief verfasst hatte, um ihre Klient*innen bei Laune zu halten.

Während sie die Liebe anderer plante und verwaltete, hatte sie ihre eigene vollkommen wegrationalisiert. Und so beschäftigte sie sich im Rentenalter vornehmlich mit der Repetition von Erinnerungen, die jedoch im seltensten Fall das eigene Leben betrafen. Vielmehr schlossen sie Überlegungen und Urteile über das gesamte nähere und fernere Umfeld ein und eine angemessene Selbstreflexion aus.

Diesem Charakterzug war es zu verdanken, dass besagte Tante sich an einem sonnigen Dienstag, als ich meinen Besuch ankündigte, auf meine Vorliebe für Tafelspitz besann, die ich ihrer Aussage nach auf einer der Weihnachtsfeiern kundgetan hatte. Aber es ging nicht um den Tafelspitz, es ging um ein sehr viel profaneres Anliegen: um meine Existenz. Schon bevor ich nach Australien, Spanien und Kuba gegangen war, um zu schreiben, hatte ich mich in der großen Altbauwohnung in der Fasanenstraße eingefunden, in der die Tante zwischen Messingkronleuchtern und ihrer Sammlung von Porzellanhunden residierte. Das Ergebnis dieser Aufenthalte war stets das gleiche: Mir wurde ein Lebensunterhalt sichernder Kredit gewährt, der an wenige Auflagen und noch weniger Fragen geknüpft war. Denn neben ihrer außergewöhnlichen Faszination für Urteile über das Leben anderer strebte die Tante nach dem Gefühl, in diesen Leben nicht nur eine Rolle zu spielen, sondern intimste Macht auszuüben. War es bei den Klient*innen eine emotionale Abhängigkeit gewesen, war es bei mir eine existenzielle – es lief auf das Gleiche hinaus. Mir bescherte diese Abhängigkeit die Freiheit, ein weiteres Mal zu scheitern, und ihr gab sie die unbezahlbare Befriedigung, an diesem Scheitern beteiligt gewesen zu sein. Es war eine stillschweigende Übereinkunft, die auf beiden Seiten zur vollkommenen Zufriedenheit führte, es gab keine Vorwürfe, kein Zurückverlangen, keine familiären Verpflichtungen, die ich mit zunehmendem Alter zu erfüllen gehabt hätte. Nur einmal hatten wir es mit der emotionalen Ebene versucht, aber das war schiefgegangen. Zum Geburtstag hatte sie mir einen Ausflug in den Zoo geschenkt, nach eigener Aussage, um mehr Zeit mit mir zu verbringen. Im Schmetterlingshaus hatte uns eine Wissenschaftlerin erklärt, dass die aufwändige Metamorphose mancher Arten Wochen braucht, während ihre Lebensdauer als Schmetterling dann nur einen Tag währt. In dem Moment war mir schlecht geworden, und ich hatte mich in dem stickigen Gewächshaus übergeben. Seitdem empfand ich beim Anblick eines Schmetterlings Ekel und die Tante und ich rationalisierten unsere Beziehung wieder: Ich verkaufte ihr Anteile an meinem Leben, manchmal stieg die Aktie, manchmal verlor sie an Wert, aber immer kam eine Geschichte heraus, nicht geschrieben, aber eine, die für die Tante einen unermesslichen Ertrag darstellte. Mehr wurde nicht verlangt.

Ich war überrascht, als sie plötzlich konkrete Pläne von mir einforderte. Aber ich verstand auch, dass ihr Bedarf an gescheiterten Geschichten gestiegen war, sei es durch das Ableben von redseligen Bekannten oder den Verlust ihrer Sehstärke, der die Lektüre der Zeitung verhinderte, und ich mehr bieten musste als eine ungeschriebene Geschichte. Diese Erkenntnis traf mich just in dem Moment, als sich ein weiterer Klumpen fasrigen Fleisches in meinem Mund zu Fäden auflöste, die sich an meinem Gaumen festpappten. Ob nun dieser Klumpen die Erinnerung an vergangene Weihnacht und den Cousin hervorrief oder sich lediglich der Wunsch nach bissfesten Pommes in meinem Unterbewusstsein regte, ich weiß es nicht mehr. Recht unüberlegt sagte ich: Fritteusen. Ich erhöhte also mein Angebot um den Verkauf von Fritteusen. Wir kamen ins Geschäft. Die Tante überwies mir eine angemessene Summe, und ich ließ eine Ladung Fritteusen nach Hanoi verschiffen.

METROPOL HOTEL HANOI

Die Einladung in Hanois erste Adresse am Platz, der ich aufgrund der erwähnten physischen Notlage nun durch den Vordereingang nachkam, hatte ich nicht der Tatsache zu verdanken, dass die exklusive Küche einer

Fritteuse entbehrte. Emil, seines Zeichens Saucier des Metropol Hotels, war ein Berliner Bekannter und an einem der langen Abende auf der Dachterrasse des Hanoi Coffee Club & Grill hatte er sich bereit erklärt, einen Verkaufstermin für mich zu arrangieren.

HANOI COFFEE CLUB & GRILL

Der Hanoi Coffee Club & Grill war eine gesellschaftlich nicht zu vernachlässigende Instanz in Hanoi und die berühmte Dachterrasse setzte dem kolonialen Schwelgen, dem man hier frönte, das goldene Krönchen vermeintlich vergangener Zeiten auf. Hätte man am Ende der weitläufigen Terrasse, weit in der Ferne, nicht eine alte, bröckelige Balustrade zwischen den Orchideen, Palmen und Blumengehängen hervorblitzen sehen, man hätte sich in einem Gewächshaus wähnen können. Die schwüle Hitze trug ihr Übriges zu diesem Eindruck bei, denn auch wenn sich der sattblaue Nachthimmel über Hanoi legte, wurde es kaum kühler. Nur der Schweiß roch dann anders – Nachtschweiß. Abgesehen von der Balustrade störten Rattanmöbel und völlig unpassende Hollywoodschaukeln aus Plastik den Gewächshauseindruck. In einigen Zweigen hingen billige Vogelkäfige. Dazwischen murmelte und schwitzte es. Das Publikum war durch und durch nicht vietnamesisch. Es waren Menschen vergleichbar mit denen in der Vorhalle des Metropols, nur dass diesen hier die touristische Ehrfurcht abging. Stattdessen bildete man sich ein, Land und Leute genau zu kennen und war zu dem Schluss gekommen, dass sehr vieles falsch laufe und man es besser wisse. Auf halbem Weg zur vermeintlichen Verbesserung war man auf einen Drink im Hanoi Coffee Club & Grill gelandet und geblieben. Man war nicht mehr Soldat*in oder Missionar*in, man war jetzt Businesswo*man oder Entwicklungshelfer*in. Das mag auf den ersten Blick wenig Unterschied machen, und auch der zweite ist da nicht aufschlussreicher. Zumindest unterschied man jetzt aber zwischen solchen und solchen Orten, trennte Privates und ganz Privates, sah zu, dass man sein Überlegenheitsgefühl in Dosen herausließ und möglichst im Hinterzimmer. Da kam es dann allerdings besonders heftig über den einen oder die andere. Der Hanoi Coffee Club & Grill war der perfekte Ort für diese Gesellschaft. Er trug eine gehobene Normalität vor sich her wie ein beruhigendes Label für die Diplomat*innen und Geschäftsleute, zurückhaltende Gemütlichkeit, die ein oder andere verschwindend kleine Extravaganz ohne zur Schau gestellte Überheblichkeit.

Mich hatte der Reiseführer hierhin getrieben. Kurz nach meiner Ankunft hatte ich meinen fledderigen Baedeker nach westlicher Küche befragt, und er hatte mir ein Bild von nett angerichteten Pastramisandwiches unter die Nase gehalten, darunter kursiv gedruckt: *Hanoi Coffee Club & Grill*. Die Sandwiches waren äußerst mittelmäßig gewesen und wurden auf weißen Porzellantellern zusammen mit in Papier verpacktem, garantiert sterilem Essbesteck gereicht. Die Atmosphäre gab es gratis und franko dazu, und ich blieb. Jeden Abend um neunzehn Uhr fuhr ich zum Hanoi Coffee Club & Grill, schlich die weiße Vortreppe hinauf, um auf die Dachterrasse voller Expats zu gelangen, wo ich mir an der Bar einen beliebigen Cocktail in die Hand drücken ließ und mich in einen einzelnen, abseits der Tische stehenden Korbsessel setzte. Eines Abends stolperte ich irgendwo zwischen dem Gang über die pompöse Vortreppe und der finalen Platzeinnahme über Emil.

EMIL

Dank Tante und kontinuierlichem Scheitern konnte ich auf eine Vielzahl von Lebensphasen zurückblicken, die sich normalerweise übergangslos aneinanderreihten, ohne in irgendeiner Weise etwas miteinander zu tun zu haben. Zu einer dieser vergangenen und eigentlich abgeschlossenen Phasen gehörte Emil, der eine französische Aussprache seines Namens bevorzugte. Merkwürdigerweise hatte er es jedoch nicht nur geschafft, sich von einem in ein anderes meiner Leben herüberzuretten, sondern dabei zwei übersprungen. Kurz und gut, er stand in Hanoi plötzlich vor mir, und wir machten da weiter, wo wir aufgehört hatten.

Aufgehört hatten wir auf einer Konferenz am Wannsee, in einem heißen Sommer in Berlin, auf der Menschen zusammengekommen waren, um über die Zukunft »unserer Generation« zu sinnieren, zu debattieren und das Ergebnis aufzuschreiben.* Das Unterfangen war zum Scheitern verurteilt, insbesondere weil der Alkohol günstig und der Wannsee nah war und unsere Generation plötzlich feststellen musste, dass sie doch die Gegenwart der Zukunft vorzieht. Mit den Füßen im Wasser hatte Emil auf der bröckelnden Ufermauer gesessen, das sandsteinfarbene Herrenhaus mit der halbrunden Terrassentreppe und dem aufgrund der Hitze

* An dieser Stelle wurde bewusst der Wannsee als Austragungsort der Konferenz gewählt, um darzustellen, wie wenig sich die meisten Menschen dieser Generation mit der deutschen nationalsozialistischen Vergangenheit auseinandersetzen. Ein Umstand, der eine große Gefahr für die Zukunft darstellt. Dass ebendies dazu geführt hat, dass uns die Realität nun bereits eingeholt hat, bestätigt diesen Punkt, war aber zum Zeitpunkt der Fertigstellung dieses Textes noch nicht bekannt.

offenstehenden Kaminzimmer im Rücken, dazwischen der steil abfallende englische Rasen und der Birkenhain, unter dem weiße Holzbänke auf kühlem Kies standen, und mit zusammengekniffenen Augen auf eine kleine Barkasse mit rotem, ausgeblichenem Sonnenschirm gedeutet, die auf der anderen Uferseite im Schilf gondelte. Mit gedämpfter Stimme hatte er von einem Jahr in Norwegen erzählt, währenddessen er in einem solchen Boot gelebt hatte, einem Boot, das ein findiger Norweger einst als Schadensersatz nach der Besetzung durch die Nazis gefordert, erhalten und zu einem Hausboot umgebaut hatte. Es war wohl nur Zufall, dass ich von einem Großonkel zu berichten wusste, der als Wehrmachtsmarinesoldat in Norwegen stationiert gewesen war und begeistert vom norwegischen Film schwärmte, den er zu dieser Zeit schätzen gelernt hatte. Er war viel ins Kino gegangen, und dabei war der Weltkrieg (der Zweite) mir nichts, dir nichts friedlich an ihm vorbeigezogen, keine Erinnerung mehr an die Tirpitz, die sich inzwischen bei Tromsø unter Alliiertenbeschuss träge gedreht hatte und sich nun das Polarlicht auf den kalten Wanst scheinen ließ. Siebzig Jahre später bescherte diese Seefahrt meines Großonkels Emil also ein Hausboot, auf dem er zu moderatem Preis unterkommen konnte. Emil, von Beruf Tänzer und damals in Norwegen Student im fortgeschrittenen Semester, hatte gute Erinnerungen an eiskalte Morgenstunden an Deck, in denen er, eine steife, beißende Brise um die Nase, die kalkweiße Sonne mit Yogaübungen begrüßte, und an seine minimalistische Stewardskabine, in der er sich ab und an entgeltlich einen blasen ließ, um jene Kosten abzudecken, die nicht von seinem Stipendium gedeckt wurden. Jahre nach diesem norwegischen Sommer und Stunden nachdem er mir am Wannsee davon berichtet hatte, stieg er während eines Trinkgelages auf den Flügel im Kaminzimmer und gab eine tänzerische Improvisation zum Besten, während er, das Thema der Konferenz aufgreifend, skandierte, dass unsere Generation mit dem Wal, den wir auf dem Rücken trugen, nicht zurechtkäme. So wie er da auf dem Flügel stand, den rechten Fuß gegen die Wade gestemmt, die Arme in die Seiten und das Kreuz durchgedrückt, da wussten wir alle, dass er nicht von sich sprach. Jede Faser seines Körpers war Spannung und Gleichgewicht, jede Faser seines Hirns strotzte vor Reflexion und Selbstbewusstsein. Er machte sich unverhohlen über uns lustig, indem er auf seinen Zehenspitzen stand und nicht fiel.

Die Verbindung zwischen Körper und Geist und die unabhängige Existenz dieser beiden Einheiten voneinander waren Gegenstand seiner ständigen Analysen und stundenlangen Monologe. Und so reflektiert er diesen Teilen gegenüberstand, so durch und durch analysiert und rationalisiert war auch sein Sexual- und Liebesleben. Es ging um Sex mit Gefühl, Sex ohne Gefühl, Gefühl ohne Sex, aber über alles musste ständig und immer gesprochen werden. In jenem Wannseesommer in Berlin quälte ihn die Liebe zu einem verheirateten Pärchen aus einem Friedrichshainer Loft, das sich unabhängig voneinander in ihn verliebt hatte und nun um ihn buhlte. Er schlief mit einem Konditor, einem einfachen Gemüt mit gut trainiertem Körper und einem Händchen für Kuchen, den Emil in einem kleinen Ladenlokal voll plüschiger Sessel und Nierentische, in dem stets ein kleiner Fensterplatz für ihn bereitstand, bis zum Anschlag genoss. Und er feierte Weihnachten mit seiner großen Liebe, einem Banker aus der City mit Privatjet, ein älterer, gebildeter Herr mit außerordentlichen Manieren, aber ohne jeglichen Sexualtrieb. Sie stellten sich gegenseitig ihren Eltern vor.

Anders als bei meiner Tante waren mir Emils Beweggründe, eine gewisse Zuneigung zu mir aufzubauen, vollkommen schleierhaft. Ich kann nur vermuten, dass ihn unsere absolute Andersartigkeit, ja Gegensätzlichkeit, anzog. Bei beiden, Tante als auch Emil, wirkte die Rationalität und Gelassenheit, mit der sie an gewisse Lebensfragen heranzugehen pflegten und angesichts derer andere Bekannte regelmäßig die Contenance verloren, auf mich äußerst faszinierend, auch wenn ich recht früh erkannt hatte, dass die beiden nicht nur amouröse Beziehungen einer Kosten-Nutzen-Analyse unterzogen.

Unsere Begegnung endete damals so abrupt, wie sie begonnen hatte. Nachdem mich meine Frustration über ein gescheitertes Manifest an unsere Generation vom Wannsee direkt in die Fasanenstraße und anschließend nach Spanien getrieben hatte, sah noch sprach ich Emil und rechnete auch nicht mehr damit, dass eines von beidem nochmal eintreten würde. Ich war also gewissermaßen überrascht, aber nicht unerfreut, als ich ihn auf der Dachterrasse des Hanoi Coffee Club & Grill in einem Korbsessel unter einer Engelstrompete lümmeln sah, das hellblaue, kurzärmelige Hemd über der jungenhaften Brust weit offen und irgendeinen stilvollen Cocktail vernachlässigend in der linken Hand schwenkend.

HANOI COFFEE CLUB & GRILL

Emil hatte sich an diesem Abend nach einem furchtbar schiefgegangen Treffen mit einem Lover – schiefgegangen nicht für Emil, für den es ein Kapitel ohne Gefühle gewesen war – zu einem frühen Sundowner, wie er es nannte, auf die Terrasse begeben und war mehr als erfreut, dass er die jüngsten Geschehnisse mit einem bekannten Geiste reflektieren konnte. Ich zog mir eine dieser Sesselmonstrositäten heran, und wir steckten die Köpfe zusammen. Die Geschichte war jedoch schnell erzählt und so unspektakulär, dass ich mich an dieser Stelle beim besten Willen nicht mehr erinnern kann, worum es ging. Aus reiner Höflichkeit und auf jegliche Anstrengung verzichtend, echtes Interesse auch nur vorzutäuschen, fragte er nach meinem Befinden. Ich konnte nichts dazu sagen, also erzählte ich von der Sache mit den Fritteusen. Der Bericht über die Fritteusen langweilte Emil nun wiederum so augenscheinlich, dass er ihn nach den ersten paar Sätzen mit einer Einladung in seine Küche abkürzte und zu einem Thema kam, das ihn, nach eigener Aussage, seit Tagen beschäftigte.

Er habe in der Lobby des Metropols einen verwilderten Mann gesehen, der trotz seines ungepflegten Äußeren von allen mit größtem Respekt behandelt wurde. Diese in Emils Augen für die vorherrschenden gesellschaftlichen Expat-Strukturen einmalige Protokollverletzung interessierte ihn so sehr, dass er Informationen einholte – was bedeutete, er ging auf den Mann zu und fragte ihn, wer er sei. Dabei habe sich herausgestellt, dass es sich um den »Einsiedler« handelte, einen mir völlig unbekannten deutschen Forscher, der in der Wildnis des

Nationalparks Cúc Phương mit ein paar Jünger*innen eine Affenkolonie beobachtete und den man nie sah. Fast nie, denn Emil hatte ihm leibhaftig gegenübergestanden, bevor der Einsiedler mit einem feisten Deutschen, der sich als Biologieprofessor der Universität Münster vorgestellt hatte, in das Restaurant gegangen und damit wieder aus Emils Leben verschwunden war. Jetzt wollte Emil ihn suchen. Warum, sagte er nicht. Ich fragte ihn, ob er glaube, dass der Mann da in seiner Einsamkeit eine Fritteuse benötige. Emil antwortete nicht.

// An diesem Abend wehte aus dem weit entfernten Europa die Nachricht heran, dass Griechenland sich in einem Referendum gegen die Sparmaßnahmen der EU ausgesprochen hatte. Im Hanoi Coffee Club & Grill blieb man ruhig. Man war schon einen Drink weiter. //

Nach diesem ersten Abend im Hanoi Coffee Club & Grill sahen wir uns öfter, was meinen eintönigen Tagesablauf nicht nur durchbrach, ich betrachtete die Treffen auch als durchaus positiv für meine Geschäftsbeziehungen. Ob Emil etwas aus der Verbindung zog, blieb schleierhaft. Als ich ihn umständlich danach fragte, antwortete er ausweichend. Offensichtlich um von tiefergehenden Nachfragen abzulenken, fragte er mich, was ich außerhalb des Fritteusenhandels in Hanoi treibe. Ich sagte, dass ich gekommen sei, um zu schreiben, und auf Geschichten warte. Er wollte wissen, was das für Geschichten seien, und ich erzählte ihm beispielhaft von meinem jüngsten Fund aus dem Hanoi Coffee Club & Grill, von einem Mann, der eine Wohnung vermietete, aber nur postalisch mit der Außenwelt kommunizierte. Es war naturgemäß nicht der Mann selbst, der mir diese Geschichte erzählte, sondern jemand über jemanden, und ich saß zufällig in der Nähe.

Der Mann, über den gesprochen wurde, erbte eine Wohnung von seiner Mutter, mit der er bis zu ihrem späten Tod zusammengelebt hatte. Als sie starb, blieb er dort wohnen und begann, Musikinstrumente zu sammeln, alle möglichen Musikinstrumente, es gab keine Vorlieben oder Musikrichtungen, er sammelte alle Musikinstrumente. Die Wohnung hatte zwei Zimmer, ein Wohnzimmer mit einem in die tapezierte Wand eingelassenen ausklappbaren Bett, in dem er Zeit seines Lebens geschlafen hatte und weiterhin schlief, und ein Schlafzimmer, das ehemalige Zimmer seiner Mutter, das seit ihrem Ableben unangetastet blieb. Vor den Fenstern im Wohnzimmer hingen schwere gelbe Samtvorhänge, die nur an Sonntagen aufgezogen wurden und dann einen großzügigen Blick auf die Instrumentensammlung des

Mannes freigaben, denn die Wohnung lag im Erdgeschoss. An allen anderen Wochentagen zeugte nur seine durch die Türen und Wände im Hausflur gut hörbare Musik von seiner Existenz und auch nur dann, wenn die Nachbar*innen zuhause waren und sie hören konnten. Man sagte, er spiele jedes Instrument virtuos. Aber niemand sah ihn je spielen. Seine Mutter hingegen war Geschäftsfrau durch und durch gewesen, und sobald sie genug Geld angespart hatte, hatte sie die Wohnung der Erdmanns gekauft, die im selben Haus nur ein Stockwerk über ihrer eigenen frei wurde. Ihr Einkommen war gesichert gewesen, und kaum war der Sohn alleine, übernahm er die Vermieterpflichten. Hierzu schrieb er einen Brief an die Mieter*innen, dass nun er der erste Ansprechpartner sei, dass sie die Miete entsprechend auf sein Konto zu überweisen haben und dass er bei Problemen jederzeit zur Verfügung stehen werde, aber, und dies war unterstrichen, nur postalisch. Er verbat sich ein Klingeln an seiner Tür oder die direkte Ansprache im Hausflur, Gruß eingeschlossen. Seinerseits hielt er sein Versprechen. Vierzig Jahre lang war er der zuvorkommendste Vermieter, den sich je eine Mietpartei wünschen konnte, er löste jedes Problem, beantwortete jeden Brief und ließ ab und an sogar eine persönliche Bemerkung einfließen, sodass eine rege Korrespondenz zwischen dem Erdgeschoss und dem ersten Stock entstand. Sprach ihn die Mieterin dennoch nach einem besonders freundlichen Briefwechsel einmal an, folgte zunächst eisernes Schweigen und dann umgehend ein schüchterner Brief, der auf die Einhaltung der Regeln beharrte.

Emil fragte, was ich mit der Geschichte anfangen wolle, und ich sagte, dass ich vorhabe, sie aufzuschreiben. Er wurde wütend und sagte, man könne doch nicht einfach durch die Welt laufen und die Geschichten anderer Leute aufschreiben. Man müsse sie zumindest einordnen, ihnen eine höhere Bedeutung geben, eine Schlussfolgerung. Ich erwiderte, dass es doch Geschichten gebe, die so seien, dass man sie aufschreiben sollte, aber dass es nie eine*r tue. Emil bestand darauf, dass das nicht reiche. Ich hatte keine Antwort. Wir redeten eine Woche lang nicht miteinander. Als wir uns das nächste Mal sahen und ich auf unseren Streit zurückkam, sah Emil mit leeren Augen durch mich hindurch. Dann erinnerte er sich, winkte ab, sagte, es tue ihm Leid und ich werde sicher gute Geschichten aufschreiben, und wir waren Freund*innen geblieben.

Neben unzähligen Tourist*innen gibt es hier viele Expats: Insgesamt sind es um die 100.000 in ganz Vietnam, davon rund die Hälfte aus Europa oder den USA.

Der Großteil lebt in Hanoi und Hồ Chí Minh City. Sie arbeiten in erster Linie im Tourismus-, Kommunikations- oder Finanzsektor, aber auch im Bildungsbereich oder in NGOs. Allen ist gemein: Sie verdienen ein Vielfaches im Vergleich zu Vietnames*innen.

Auch hier unterschiedliche Gruppen:

die, die zum Arbeiten gekommen sind, dabei möglichst „westliches" Leben (weiter-) führen möchten, u. die, die sich Leben abseits der Strukturen zuhause erhoffen (Stichwort: Selbstfindung nach Lebenskrise). Gemeinsamkeit: Beide Gruppen können aufgrund geringer Lebenshaltungskosten / höherer Gehälter deutlich privilegierteres Leben als in Herkunftsländern führen u. lernen selten Sprache, selbst wenn sie lange vor Ort sind. Stichwort: Parallelwelt, z.B. in Stadtvierteln (u.a. West Lake), Restaurants / Bars (westliche Küche, englischsprachige Musik, Ausgangssperre ab Mitternacht gilt nicht), Retreat-Centern (die zwar traditionelle vietnamesische Anwendungen anbieten, aber allein aus Kostengründen kaum von Vietnames*innen frequentiert werden). Überlege, daraus Recherche zu machen. Nachdem sich Bericht über Menschenrechtsverletzungen nicht materialisiert hat, hat Redaktion angefragt, ob ich Aufenthalt hier verkürzen möchte; Reise allerdings von Zeitung bereits vollständig bezahlt. Daher vllt. mögliche Fragen/ Recherche:

Verwestlichung Folge eines durch „Đổi mới" (Wechsel von Planwirtschaft zu sozialistischer Marktwirtschaft 1986) wirtschaftlich geöffneten Vietnams? Oder Strukturen, die bereits seit Kolonialzeit bestehen u. wieder aufgegriffen wurden? Weshalb existiert das alles in solch einer Parallelität?

Mein Eindruck:

Expats wollen unter sich bleiben (z.B. im Hanoi Coffee Club & Grill kaum Vietnames*innen gesehen, aber selbst darauf angesprochen, schien das kaum jemand der anwesenden Expats zu hinterfragen).

Anschlussfrage:

Wie wirkt sich das auf Vietnames*innen aus?

METROPOL HOTEL HANOI

An jenem Nachmittag, als ich das Metropol Hotel durch die Vordertür betrat und die hochherrschaftliche Eingangshalle durchschritt, wiesen mir zunächst die messingfarbenen Lettern »WC«, gut sichtbar angebracht neben dem goldvergitterten Fahrstuhl und einer überdimensionalen Topfpflanze in einer mit floralem Muster verzierten Terrakotta, meinen Weg.

Die schwere, deckenhohe Tür war von innen mit moosgrünem Leder gepolstert, und als sie hinter mir lautlos ins Schloss glitt, wurde es still. Die selbstverständliche Geräuschkulisse der Eingangshalle war fort. Was blieb, waren kühle, hohe Wände mit purpurroten Tapeten, schwarzen Marmorwaschbecken und blitzblanken Kristallspiegeln. An der Decke drehte sich lautlos ein Ventilator, und der ebenfalls schwarz gekachelte Boden schluckte das Licht der indirekten Wandbeleuchtung. Als ich mir die Hände wusch und mein Gesicht in einem der hohen Spiegel betrachtete, konnte ich nichts damit anfangen. Über den gut gefüllten Seifenspender dagegen freute ich mich sehr. Es roch edel-chanelig, und das war, trotz vergleichsweise üppiger Zuwendungen meiner Tante, keine Selbstverständlichkeit für mich.

ĐỘI CẤN

Meine Wohnung lag auf der Đội Cấn, einem wahren Labyrinth von Straße oder Viertel, so wirklich war das nicht abzugrenzen, gleich hinter dem Hồ Chí Minh-Denkmal und dem Präsidentenpalast. Jede*r andere Schriftsteller*in, ich würde sogar behaupten, jede*r Reiseleiter*in hätte diesen Teil Hanois als authentisch, weil untouristisch bezeichnet. Die Đội Cấn war eine lange Straße, der Wurmfortsatz einer der Prachtalleen, die um den weitläufigen Präsidentengarten angelegt worden waren, in dem sich einst Hồ Chí Minh ein bescheidenes Holzhaus errichten ließ und eine Garage für seine üppigen motorisierten Gastgeschenke der kapitalistischen Welt. Die Đội Cấn führte bis weit in den Westen, fast bis zur französischen Universität, aber in diesem ersten Teilabschnitt, dort, wo sich die Prachtallee zu einem Mauseloch verengte, wo der Verkehr sich an einer unbeachteten Ampel konzentrierte und der Motorstrom, wenn man nicht Acht gab, einen unweigerlich in den engen Straßeneinfall sog, dort zeigte sich das, was die Đội Cấn wirklich war. Ähnlich einer Allee links und rechts von Bäumen gesäumt, aber viel, viel enger, einspurig gedacht, zweispurig genutzt. Auf den schmalen Gehwegen, die von den Baumwurzeln in alle möglichen Richtungen gedrückt wurden, standen Motorräder und dazwischen

Grill- und Feuerstellen, auf denen Köstlichkeiten zubereitet wurden. Oder es wurde Papiergeld für die Ahnen verbrannt. Auf jeden Fall qualmte es. Telefonleitungen hingen kiloweise über der Straße auf schiefen Masten und hohen Bäumen, mit denen sie teilweise bereits verwachsen waren. Tiere liefen herum, meistens Hühner, ein paar Katzen, niemals Hunde, und den gemeinen Fußgänger*innen blieb zwischen der ohrenbetäubenden Motorradschlange, die die enge Straße verstopfte, und den bis auf den Gehweg ausgeweiteten Ladenlokalen und Wohnzimmern nur noch der Rinnstein, den man sich mit allerlei Abfällen teilte. Und so wandte ich dann schon nach wenigen Tagen und ursprünglich guten Vorsätzen bezüglich eines sparsamen Lebensstils einen beträchtlichen Teil meiner Zuwendungen für ein Motorrad auf und entzog mich den Unannehmlichkeiten eines zu Fuß bestrittenen Nachhausewegs.

Von dieser Straße führte ein Netz aus engen Gassen ab, kaum breiter als meine Schultern. Ab und an lag zwischen den Häusern ein Tümpel brach, ehemals für Pagoden gedacht, von denen nun nichts mehr zu erkennen war. Männer hockten auf ihren Fersen und hielten dünne, selbst gebaute Angeln in die brackige Brühe, und ihr Geruch zog durch die Gassen und vermischte sich mit Essensqualm, dem Duft von Bäumen und dem Gestank von Abgasen. Hinter hohen Mauern lagen Häuser, einige ärmlich, andere Prachtbauten, mit rostigen Zäunen von der nicht einmal einen Meter breiten Gasse abgeschirmt.

Ich lebte in einem gelben Haus ohne Hausnummer, hinter einem stacheldrahtgekrönten Tor, in einer Mietwohnung mit zwei Zimmern. Das freundliche Ehepaar, dem das Haus gehörte, lebte im Parterre und war insbesondere bedacht auf den handtuchgroßen, stets penibel gefegten Innenhof und die Palme, die an der Hauswand lehnte. Ich sprach kein Vietnamesisch, also verständigten wir uns über Lächeln, Lachen und verschiedenste Kopfbewegungen. Ich benutzte ihre Küche mit. Oft fand ich beim Nachhausekommen mit Folie abgedeckte Köstlichkeiten vor, die sie für mich mitgekocht und auf der Anrichte bereitgestellt hatten.

Meine zwei Zimmer waren kaum breiter als die Gassen, die vor dem Tor lärmten, und boten Platz für Bett und Schrank im ersten sowie einen Schreibtisch und ein altes Sofa im zweiten Raum. Das erste Zimmer lag hinter der Außenwand und war regelmäßig von Schimmel befallen, den ich einmal im Monat vom Putz wegkratzte. Ich war trotzdem geblieben, denn, und das war keine Selbstverständlichkeit, die Wohnung besaß einen mit

Stuck verzierten Balkon, auf den man durch vergilbte grüne Schlagläden heraustreten konnte. Auf den Balkon hatte ich Wert gelegt, denn ein*e Schriftsteller*in kann unmöglich in einem engen Zimmer an einem herkömmlichen Schreibtisch arbeiten. Vonnöten waren ein kleiner, entsprechend ausgestatteter Balkon, ein weit geöffneter Erker oder ein Panoramafenster, an dem cremefarbene Vorhänge im Wind wehten. Letzteres ließ sich in Hanoi nicht finden, daher entschied ich mich für den Balkon, besorgte einen Rattanstuhl, einen schmiedeeisernen Kaffeehaustisch, eine große, palmenartige Topfpflanze und einen Vogelkäfig und saß von nun an dort und starrte die gelbe Hauswand an.

Einmal besuchte mich Emil auf dem Balkon, und ich musste schleunigst einen alten Klappstuhl organisieren. Es war nicht unsere Art, uns an einem anderen Ort als dem Hanoi Coffee Club & Grill zu treffen. Anlass seines Besuches war eine Art Notfall, er musste reflektieren, und unser wöchentlicher Abend im Hanoi Coffee Club & Grill war zeitlich zu weit entfernt. Wir trafen uns sonntags und donnerstags. Gerade war Montag, und den Notfall hatte es am Abend zuvor noch nicht gegeben. Es bestand aber die Gefahr, dass ihm eine Sicherung durchbrannte. Er hatte sich in einen mit einer Frau verheirateten Familienvater verliebt und der sich in ihn. Ein Botschaftsmitarbeiter, der zwar leidenschaftlich liebte wie arbeitete, jetzt aber befürchtete, dass Letzteres mit Ersterem nicht mehr zu vereinbaren war, und auf weitere Treffen großzügig verzichten wollte. Es war zu einer Szene gekommen, und Emil verspürte offensichtlich den Drang, ihn zu bekehren, aus der tiefen Überzeugung heraus, dass er es besser wusste. Für mich völlig überraschend fragte mich Emil am Schluss seines emotionalen Monologs aber nach meiner Meinung. Seit unserem Streit hatte er das nicht mehr getan. Ich wusste daraufhin lediglich von einem Freund aus Berlin zu berichten, dessen Vater die Familie einst für einen Mann verlassen hatte. Emil fragte mich, ob ich seinen Fall damit bewerten wolle. Ich verneinte.

Besuch bei Thu wegen der Frage „Was halten Vietnames*innen von Expats und Parallelstrukturen?“

Thu ist eine von den knapp 200.000 Vietnames*innen, die im Ausland studieren (die meisten davon in Australien; Thu allerdings in den USA, gerade fertig und kurz vor erstem Job im vietnamesischen Finanzministerium): Sie selbst ist sehr offen, interessiert sich sogar für Expats, sagt aber, dass die sehr verschlossen und wenig interessiert seien. Außerdem seitens ihrer eigenen Familie seit ihrer Rückkehr der Anspruch, sich in das Familienleben und mit ihrer Rolle als Tochter / Schwiegertochter / Enkelin in die vorgegebene Struktur / Hierarchie wieder mehr einzubringen.

Hier scheinbar großer Zwiespalt (bei vielen in der jüngeren Generation?) zwischen eigenen Lebens- und Rollenvorstellungen, teilweise geprägt durch Reisen und Studium im Ausland oder Zugang zu sozialen Netzwerken, und traditionellem Rollenverständnis, angetragen durch Familie, die man liebt und nicht enttäuschen will.

Daran anschließende Frage, wie sie den Wechsel von Studium in einem Land mit der Möglichkeit zur offenen Meinungsäußerung in vietnamesische Administration empfindet (Vietnam rangiert in Bezug auf die Menschenrechtssituation regelmäßig auf den hinteren Plätzen einschlägiger internationaler Indizes, freie Meinungsäußerung stark eingeschränkt, Zuwiderhandlung wird willkürlich und oft mit Gefängnis bestraft, (vgl. u.a. Human Rights Watch, AI)).

Erzählt, wie wichtig es war zurückzukommen, was ihr im Ausland gefehlt hat: familiärer Zusammenhalt, Optimismus in Gesellschaft (in Vergangenheit gegenseitige Unterstützung und Kreativität angesichts wirtschaftlichen Mangels, seit Aufschwung Tatendrang), Herzlichkeit;

auf Frage nach ihrer eigenen Arbeit antwortet sie verständlicherweise ausweichend, aber dass sie sich gerne einbringen würde. Eindruck, dass ihre Rückkehr auch mit Hoffnung einhergeht, etwas an den politischen Strukturen verändern zu können.

Auf der Toilette des Metropols in Hanoi kam seichter Jazz aus indirekten Lautsprechern und schwang sich von einem Spiegel zum nächsten. Es war so ein Jazz, den man nicht hören sollte, denn Jazz spielte in der Expat-Szene Hanois nur in zwei Kontexten eine Rolle: auf exklusiven Klos und immer dann, wenn irgendwo eine intellektuell-kulturelle Überlegenheit unterstrichen werden sollte.

ĐỨC MINH JAZZ CLUB

Es gab nur eine Ausnahme, und das war der Đức Minh Jazz Club gleich hinter dem Hanoi Hilton, dem Gefängnis, in dem einst John McCain eingesessen hatte, nachdem man ihn wie einen nassen Pudel aus dem Trúc Bạch See gezogen hatte. In diesem Gefängnis weigerte er sich, vorzeitig entlassen zu werden, weil das der vietnamesischen Propaganda gedient hätte. Das wiederum machte sich die amerikanische Propaganda zunutze. John McCain bekam unterdessen graue Haare. Präsident wurde er trotzdem nicht.

// Und während in Europa Mittag gegessen wurde, detonierte in Bangkok an einem gut besuchten Schrein eine Rohrbombe. In Hanoi spürte man keine Erschütterung, konnte aber am Donnerstag im Hanoi Coffee Club & Grill von besorgten Nachrichten aus der Heimat berichten, dass Asien nun wohl auch nicht mehr sicher sei. Zwei Tage später überwältigten drei amerikanische Soldaten einen Mann, der in einem Zug zwischen Paris und Amsterdam Schüsse abgegeben hatte. Nun wäre es an uns gewesen, besorgte Nachrichten in die Heimat zu schicken. Aber Amerika war nochmal rechtzeitig dran gewesen und hatte die Befürchtung, dass Sicherheit relativ geworden war, im Keim erstickt. Nur die Züge wurden jetzt besser bewacht. So konnte man auch Flüchtlinge besser identifizieren. In China fiel ein Sack Reis um. Und die Börse brach ein. //

Đức Minh beherbergte alles und jede*n, solange Đức Minh nur Jazz spielen konnte. Noch bevor man den Saxophonisten selbst sah, empfing einen schon an der Eingangstür seine alles überstrahlende Coolness. Schob man dann den schweren, roten Samtvorhang, der den kleinen Vorraum vom Saal trennte, beiseite, sah man Đức Minh auf einer niedrigen Bühne, die von nur zwei schummrigen Scheinwerfern beleuchtet wurde, auf einem Barhocker sitzen. Der Raum selbst war so dunkel, dass man sich zu einem der runden Tische, die überall verteilt standen, vortasten musste, und aus Ehrfurcht vor dem, was dort auf dieser unscheinbaren Bühne passierte, war es mucksmäuschenstill. Đức Minh blickte selten in das Publikum. Er war ganz bei sich. Er drückte mit seinen goldberingten Fingern lässig, scheinbar träge auf seinem Saxophon herum und produzierte dabei dennoch in einer Schnelligkeit und Leichtigkeit die virtuosesten Klänge, sodass man kaum mehr folgen konnte. Vor ihm auf einem wackeligen Notenständer lag nichts weiter als eine schmorende Zigarette, die sofort anstelle des Saxophons in den Mund geschoben wurde, wenn es für zwei Zwischentöne abgesetzt worden war. Hinter ihm stand eine Band von wechselnden Musikern, junge, schöne Männer, die halb so alt waren wie er und sich die Seele aus dem Leib spielten, als wäre nicht der Teufel hinter ihnen her, sondern Đức Minh höchstpersönlich.

Đức Minhs Biographie war stadtbekannt und darüber hinaus, aber sie spiegelte sich auch in seiner Musik wider. Und so spürte man, blieb man länger, noch etwas anderes als diese in sich ruhende Gelassenheit, die sich auf Jazztönen durch das Dämmerlicht schwang: eine Melancholie, traurig, schwer, aber auch voller Hoffnung. Die Idee einer von den Indochinakriegen gezeichneten Kindheit und Jugend, der unglaubliche Zufall, im kommunistischen Nordvietnam, wo westliche Musik verbannt war, eine amerikanische Radiosendung aufzuschnappen und in ihr die ersten Jazztöne, noch bevor er benennen konnte, was er da hörte, die umgehend entfachte Leidenschaft, der noch weit entfernte Traum, einmal selbst zu spielen. Dann die Wiedervereinigung Vietnams, Zugang zu mehr, aber immer noch viel zu wenigen Aufnahmen und der unbedingte Wille, diese Musik selbst spielen zu können. Das Transkribieren der wenigen Bänder, die er bekommen konnte, das Üben im staatlichen Musikkorps, der unaufhörliche Einsatz für diesen Jazz, der aus politischen Gründen so nicht genannt werden durfte, Auftritte in ganz Vietnam, egal wie klein, egal wie groß, Hauptsache die Musik wurde gehört. Und irgendwann konnte er sie nicht nur virtuos spielen, er beherrschte sie, entwickelte sie weiter, nahm das, was er auf seinen endlosen Touren in den Provinzen gehört hatte als Inspiration, entwickelte seine eigene Stimme, um endlich und gegen alle politischen, wirtschaftlichen und sozialen Widerstände ein Pionier in seinem Feld zu werden. Ein Weg, begleitet von Rückschlägen, dreimal wurde die Schließung seines Clubs veranlasst, viermal eröffnete er neu. Aber jetzt saß Đức Minh da, in seinem Jazzclub, dem ersten in ganz Vietnam, nicht im Süden, wo es vielleicht einfacher gewesen wäre, ein Jazzclub in Hanoi, er saß da und spielte. Er hatte den längeren Atem gehabt.

Dienstags saß ich vorne links, sodass ich zwar nur Đức Minhs Rücken bewundern konnte, dafür aber freie Sicht auf die Finger des Pianisten hatte. Der Pianist war immer derselbe, ein kaum Zwanzigjähriger, dessen Hände von ihm völlig unbeachtet über die Klaviatur flogen, während sein feines Gesicht konstant Đức Minh zugewandt war. Ich sah ihn also im Profil, wie er mit zusammengekniffenen Lippen, einer angestrengten Furche zwischen den Augenbrauen und Schweißperlen an den Schläfen die Improvisation umwarb, die Đức Minh ihm lässig zuspielte. Der Pianist zog dafür die Schultern hoch, schob den Kopf dazwischen und das Kinn vor und schien Đức Minhs Töne über die Breite der Tastatur zu verfolgen, einzufangen, sie zwischen seinen Tasten hin und her zu werfen, die Finger rasten, aber er würdigte sie keines Blickes, er starrte auf Đức Minhs Hände, die Füße am Pedal, ein letztes Mal wurde der Ton in der Luft balanciert, ehe er auf die Zuhörenden losgelassen wurde, freigelassen, um sich durch den Gehörgang bis ins Herz zu bohren. Dann brach Đức Minh ab, zog an seiner Zigarette, und den Pianisten durchfuhr es wie eine Marionette, deren Spieler die Fäden straff gezogen hatte. Sein Rücken richtete sich auf, seine Ellbogen drückten sich durch, seine Wangenknochen traten aus dem verkrampften Gesicht hervor, und er starrte auf seine Hände wie ein Kind, das plötzlich merkt, dass man sein Fahrrad losgelassen hat und es von nun an alleine fahren muss. Während Đức Minh an seiner Zigarette zog und kaum merklich mit dem Fuß wippte, taumelte sich der Junge in Trance und spielte dabei so viel besser als je zuvor. Setzte Đức Minh sein Saxophon entspannt wieder an und ließ den ersten heiseren Ton erklingen, schob sich das Kinn des Pianisten wieder nach vorn, drehte sich sein feines Profil seinem Meister zu, und so fing er beherzt dessen Töne auf. War Đức Minhs Auftritt vorbei und die Musik ebbte merklich ab und verstummte schließlich, sackte der Pianist in unendlicher Erschöpfung auf seinem Hocker zusammen und zeigte keine Regung, wenn Đức Minh ihm im Vorbeigehen einen kurzen Klaps auf die Schulter gab.

An einem dieser Dienstage näherte sich der schmächtige Kellner, der in der eineinhalbstündigen Anwesenheit Đức Minhs normalerweise unsichtbar in einer dunklen Ecke neben der Bar stand und peinlich darauf bedacht war, das Glas seines Chefs, das vor dem rechten Bein des unsichtbaren Barhockers stand und über dem der zuckende rechte Fuß des Musikers schwebte, dieses Glas, das nie angerührt wurde und zum Ende jeder Darbietung genauso voll war wie zu Anfang, nicht aus den Augen zu lassen, allzeit bereit, hinzuzueilen, sollte sich dieser Zustand doch einmal ändern. Dieser Kellner näherte sich also und trug in einer bis zur Unverständlichkeit gedämpften, bis aufs Äußerste peinlich berührten Stimme vor, dass der Drink, den er in der Hand hielt, außer der Reihe kein Rum in Cola, sondern ein Gin in Tonic sei, spendiert von dem Herrn da hinten am Tresen. Leicht deuteten die Augen in Richtung Tresen, bevor sich die Lider wieder schüchtern senkten und er wegschlich. Dass es ein Gin Tonic war, war verständlich, die waren gerade en vogue. Und der Herr da hinten am Tresen war kein Unbekannter, sondern saß jeden Dienstag dort und nippte an einem Bier für 75.000 Đồng, einem Preis, bei dem sogar europäische Expats, zu denen der Herr da hinten am Tresen eindeutig gehörte, in Vietnam normalerweise den Widerstand probten, den man unter den grimmigen Blicken Đức Minhs, der im Übrigen keinen Eintritt für seine Sessions verlangte, aber hinnahm. Der Herr da hinten am Tresen war mittleren Alters und saß vornübergebeugt, wodurch ein kapitaler Bierbauch unter dem schweren Brustkorb hervorgepresst wurde. Er hatte schwarzes Deckhaar, das sich an seinen Schläfen zu grauen, verschwitzten Locken kräuselte. An jenem Dienstag hatte er sein bulliges Gesicht mit der großen Knollennase nach rechts gewandt und versuchte, Augenkontakt mit mir aufzunehmen. Letzteres war neu. Ich ignorierte seinen Drink, bezahlte meinen und ging nach Hause.

Am darauffolgenden Dienstag schickte er nicht den schmächtigen Kellner, der in der Ecke stand und angestrengt auf den wippenden Fuß von Đức Minh starrte, sondern trat höchstpersönlich an meinen Tisch, stellte sich vor, entschuldigte sich für die vergangene Woche und sagte, er habe lediglich eine Fritteuse kaufen wollen. Er setzte sich mir gegenüber und starrte lange in sein Glas. Der Kauf einer Fritteuse, diesen Erfahrungswert hatte ich mir nach meiner mehrmonatigen Tätigkeit im Fritteusenhandel bereits angeeignet, geht immer und unausweichlich mit einer Reihe Erklärungen einher, weshalb man eine Fritteuse kauft, obwohl man es aus der Vergangenheit und vollkommen rational gesehen, vor dem Hintergrund zahlreicher Apothekenmagazin-Artikel und Trimm-dich-Pfade, eigentlich besser wissen müsste. Diesem unumgänglichen Ritual saß nun auch jener Deutsche auf, der sich, da Đức Minh wieder sein Instrument angesetzt hatte, nah an mein Ohr gebeugt hatte und mir erklärte, er vermisse einfach mal den Geschmack einer Berliner Imbissbude, da komme er her, aus Berlin. Er sei hier sehr unglücklich, seine Frau arbeite seit ihrer Ankunft in Vietnam nicht mehr und da sie hier Angestellte hätten, kümmere sie sich auch nicht mehr um den Haushalt. Sie zerfließe nur noch auf dem Sofa, schlafe und esse dort, und donnerstags besuche sie einen Lackierworkshop. Zuhause seien nun Schränke,

Tische und Stühle mit Lackschichten in den schrillsten Farben überzogen. Mit dem Erwerb einer Fritteuse stand diese Tatsache nicht in direktem Zusammenhang, sondern vielmehr der Fakt, dass die Hausangestellte nur vietnamesisches Essen zubereite. Sie hätten lange diskutiert und seien übereingekommen, gewisse Angewohnheiten von zuhause müssten bewahrt werden, das würde Wohlbefinden und Ehe retten. Die Angewohnheit, hier alles mit harten Dollars zu erwerben, eben auch diese Dinge, die in manch anderen Teilen der Erde als immateriell bezeichnet werden, war in diesen Kreisen keine Überraschung. Sein Glück so unvermittelt an den Kauf einer Fritteuse zu knüpfen, war jedoch etwas Neues.

Zwei Tage später stand er nackt vor mir, als ich sein Haus in Tây Hồ betrat, um die bestellte Fritteuse abzuliefern. Er wolle einfach nur nochmal die Nähe eines liebenden Menschen spüren, sagte er, als ich mich nicht rührte, ihm sei so kalt zwischen all den Menschen, deren Sprache er nicht spreche und die ihn nicht verstünden, und dem Lack seiner Frau auf dem Sofa – die sich an diesem Tag überraschenderweise nicht an eben jenem Ort befand. Tatsächlich konnte man die Anzeichen einer gewissen Obsession der Hausdame bei der Ausübung ihres Hobbys bereits im Wohnzimmer erkennen, ein blutrot lackierter Schrank glänzte neben einem pink lackierten Couchtisch, der mit goldenen Farbfäden verziert war. An der Wand hingen zwei klobige Lackgemälde, eines in Grün, eines in Blau, wenig Talent. Ich sah davon ab, seiner Einladung zu folgen und ihn in das eheliche Schlafzimmer zu begleiten, aber meine Vermutung war, dass sich mir dort ein ähnliches Bild geboten hätte. Ich ließ mir folglich meine Ware bezahlen und ging.

Kurz nachdem Paris zum zweiten Mal innerhalb eines Jahres von Terrorattacken heimgesucht worden war – das wurde im Hanoi Coffee Club & Grill nun doch mit Sorge registriert, kannte man immerhin jemanden oder hatte mal ein feuchtfröhliches Auslandssemester an der Sciences Po verbracht –, wurde ein Mann aus dem Roten Fluss gefischt, der schon einige Zeit durch das träge Wasser geschaukelt war. Er hatte es von einem unbestimmten Ausgangspunkt zu der Bananenplantage auf einer Insel im Fluss geschafft, auf der sich das einzige Nudistenfußballteam Vietnams traf. Dort hatte er sich in einigen Mangroven und Wasserpflanzen verfangen und war von Fischern, die hinter einer Bananenstaude gelauert hatten, um dem Fußballspiel mit Fleischeslust beizuwohnen, an den kleinen Strand gezogen worden.

Es handelte sich um eben jenen Fritteusenkäufer, der darüber hinaus auch Berater gewesen war. Dem vietnamesischen Tageblatt war wenig über die Hintergründe seines Ablebens zu entnehmen, und auch im Đức Minh Jazz Club interessierte man sich kaum dafür. Nur im Hanoi Coffee Club & Grill führte sein unrühmliches Ende zu ausschweifenden Spekulationen, die genüsslich in bauchigen Scotchgläsern geschwenkt wurden. Er sei lange im Feld gewesen, so sagten sie. Hier galt es etwas, wenn jemand zumindest einen Staatsstreich miterlebt hatte – man schmückte sich mit gefährlichen Ländern wie mit Orden. Nachdem er während der deutschen Wiedervereinigung kurzzeitig in der Treuhandanstalt angestellt gewesen sei, sei er danach in all jene Länder gegangen, in denen die Transformation vom sozialistischen zum kapitalistischen Wirtschaftssystem noch bevorstand. Zunächst Lateinamerika, dann Vorderasien, es kam auf dasselbe hinaus. Sobald das System zusammenbrach, sei er verschwunden, wie er gekommen war, und habe Platz gemacht für Unternehmen auf der Suche nach billigen Arbeitskräften und wenig regulierten Arbeitsmärkten. In Vietnam angekommen, mit welcher Hoffnung auch immer, habe man ihm zur strategischen Einstellung von gut vernetzten vietnamesischen Mitarbeitenden geraten, die zum einen hochrangige Vertretende der vietnamesischen Politelite aus den Ministerien und Unternehmen auf Workshops und Meetings locken sollten, sich zum anderen aber auch nicht zu schade für Botengänge mit entsprechend befüllten Briefumschlägen waren. Der Deutsche habe den fatalen Fehler begangen, in den Parteisoldaten irgendetwas anderes als rational handelnde Menschen zu sehen, und den bestvernetztesten eingestellt, einen gewissen Dr. Thanh. Dass ein Mann dieser Stellung seine mit der Partei verbundenen Privilegien einfach mir nichts, dir nichts für eine Anstellung in einer ausländischen Organisation aufgibt und dafür kein generöses Entgegenkommen erwartet, habe er sich schon gedacht. Den Preis habe er jedoch massiv unterschätzt, in bodenloser Arroganz davon ausgehend, dass jede Organisation und jedes Unternehmen der westlichen Hemisphäre mit vom Markt gesetzten oder von Gewerkschaften verhandelten Löhnen doch ein attraktiverer Arbeitgeber als das vietnamesische Pendant sein müsste. Und dass diese – im Vergleich zu den Expats immer noch deutlich niedrigeren – Einkommen die Dankbarkeit und dadurch ungebrochene Loyalität der »Ortskräfte« sichern würde. Währenddessen hatte das Regime längst alles unterspült, war durch die Risse des Kompromisses und die Löcher getarnt als Absichtserklärungen oder Grundsatzvereinbarungen in die westliche Struktur eingedrungen und hatte die Annehmlichkeiten von Korruption auch jenen offenbart, die eigentlich gekommen waren, um alles anders zu machen.

Ob ihn letztendlich dieses Regime oder sein Drang nach der Nähe eines liebenden Menschen in den Roten Fluss befördert hatte, konnten auch die Spekulationen im Hanoi Coffee Club & Grill nicht abschließend ergründen. Dass es ein tragisches Ende war, wirklich sehr tragisch, betonte man in den Gerüchten durch eilig nachgeschobene Halbsätze.

So sehr Emil die detaillierte Betrachtung seines Privatlebens genoss, so sehr verabscheute er Klatsch über andere Menschen und zog sich daher im Folgenden für ein paar Wochen aus dem Hanoi Coffee Club & Grill zur Cocktailstunde in die Hanoi Social Bar zurück. Dort besuchte ich ihn einmal und fand ihn auf einer Bastmatte inmitten von zugekifften Englisch- und Yogalehrer*innen wieder, die sich auf dem Dach der Bar zwischen Palmen und einer Bambusbar zur Steeldrum in der Nachtluft wiegten. Als er mich sah, zog er mich herunter auf seine Bastmatte, drückte mir seinen Finger auf den Mund und raunte mir mit heiserer Stimme zu, er habe hier das allabendliche Paradies gefunden, benötige nun keine Cocktails mehr, sondern lediglich die Meditation inmitten dieser inspirierenden, wunderschönen Menschen, und ich solle mich darauf einlassen. Seine dünnen Finger legten sich um meine und sein Oberkörper schwankte hin und her, während seine riesigen Pupillen fünf Zentimeter vor meinem Gesicht meine Augen suchten und sie nicht greifen konnten.

Zwei Wochen später saß er mondän wie eh und je im Hanoi Coffee Club & Grill und erzählte allen, die es hören wollten, es sei wirklich eine Zumutung, dass diese Ausländer*innen – er sprach von den Expats, die sich mit Englisch- und Yogaunterricht über Wasser hielten – von einem verlangen, Cocktails aus Kokosnüssen zu trinken.

Treffen mit Linh im Hoàn Kiếm District, um über ihre Erfahrungen mit „(Deutschen) Expats in Vietnam" zu sprechen:

Linh ist 1987 als Vertragsarbeiterin in die DDR gekommen (bis 1989 mehr als 100.000 Vietnames*innen zeitweise o. dauerhaft in der DDR, v.a. als Vertragsarbeiter*innen o. Schüler*innen / Student*innen; im Unterschied zu vietnamesischer Migration nach Westdeutschland, v.a. als „Boat People" / Kontingentflüchtlinge).

Problem: Vertragsarbeiter*innen unterlagen rigiden Abkommen zwischen den beiden sozialistischen Staaten, die z.B. Aufenthaltsdauer, Art der Arbeit / Ausbildung, Unterkunft regelten, aber auch Familiengründung in der DDR o. Kontakte zu Deutschen unterbanden.

Linh erzählt, dass sie sich dennoch wohlgefühlt hat, sie hat es eigenständig geschafft, Deutsch zu lernen, obwohl eigentlich nicht vorgesehen, hat sich ihren Alltag eingerichtet, einen vietnamesischen Kollegen geheiratet, gemeinsame Zukunft in Deutschland aufgebaut.

Mit dem Fall der Mauer kam eine große Unsicherheit über den Status der Vertragsarbeiter*innen; anstatt sie einzugliedern, zahlte der deutsche Staat sogar Abfindung, damit sie nach Vietnam zurückkehren (erst 1997 wurde rechtliche Lösung für Aufenthaltsregelung ausgearbeitet!).

Linh sagt, sie wollten bleiben, aber es wurde ihnen unmöglich gemacht, beruflich Fuß zu fassen; hinzu kam die Angst vor rassistischen Angriffen (u.a. Hoyerswerda 1991, Rostock-Lichtenhagen 1992, Mölln 1992, Solingen 1993). Linh ist (inzwischen mit Familie) nach Vietnam zurückgekehrt; aufgrund ihrer Sprachkenntnisse hat sie angefangen, als Haushaltshilfe für deutsche [redacted] Expats zu arbeiten (wollte sie deshalb eigentlich zu ihren Erfahrungen befragen, nur hat Gespräch dann anderen Schwerpunkt bekommen).

Muss viel über dieses Treffen nachdenken. Fühle mich schlecht vorbereitet, habe zu viele Fragen. Wieso weiß ich so wenig über europäische Kolonialgeschichte, über Vietnames*innen in der DDR, vietnamesische Community nach der Wende? Wieso haben Lehrer*innen / Eltern der 68er-Generation ihren Widerstand gegen Vietnamkrieg immer als Pflicht im Gebot der Menschlichkeit und persönliche Revolution vermittelt, aber sich nach der Wende und den Pogromen dann so wenig für die Vertragsarbeiter*innen und deren Verbleib interessiert?

War es ihnen von Anfang an weniger um die Vietnames*innen gegangen als um eine Projektionsfläche für das, was sie sich als bessere Welt für sich selbst in der deutschen Nachkriegsgesellschaft erhofften?

Was sagt diese Prägung über das aus, was ich wirklich über Vietnam weiß? Welche Verantwortung wächst für mich als Deutsche / Europäerin daraus, in Deutschland, aber vor allem hier?

Während Emils temporärer Abwesenheit fand sich eine Journalistin, eine Deutsche, im Hanoi Coffee Club & Grill ein, die ursprünglich über Menschenrechtsverletzungen an vietnamesischen Aktivist*innen berichten sollte. Die Gruppe junger Vietnames*innen war vor einiger Zeit über den Zaun der deutschen Botschaft geklettert und wollte nicht mehr rauskommen. Währenddessen versorgte die vietnamesische Geheimpolizei sie regelmäßig mit Bildern ihrer Eltern, an denen Zigarettenstummel ausgedrückt und andere Gräueltaten verübt wurden. Viel mehr passierte aber nicht, woraufhin die deutschen Zeitungen nach drei Tagen das Interesse verloren. In ihrer Untätigkeit fand sich die Journalistin eines Abends im Hanoi Coffee Club & Grill ein, und wir stellten fest, dass wir beide Vorfahr*innen auf dem Friedhof Montparnasse in Paris haben. Aufgrund dieser Gemeinsamkeit tauschten wir an den Folgeabenden Geschichten aus, bis sie mich zu einer inoffiziellen Party in einer der vielen ausländischen Botschaften in Hanoi einlud.

Aktueller Recherche-Status: Bin frustriert. Recherche zum „wahren Vietnam" hat viele persönliche Fragen aufgeworfen, komme nicht weiter. Hänge viel im Hanoi Coffee Club & Grill rum. Nur Expats. Eindruck ist, dass sie sich nicht oder kaum die selben Fragen stellen. Gespräche oberflächlich, Geschäftsleute, Entwicklungshelfer*innen, Berater*innen, Lebenskünstler*innen. Wo sie sich befinden, scheint nachgeordnet.

Gestern mit Person unterhalten, die hier Fritteusen verkauft ... dachte zunächst, das sei ein Scherz. Wo soll die Nachfrage herkommen? In der vietnamesischen Küche existieren zahlreiche Arten, Gemüse / Tofu / Fleisch zu frittieren. Fleischkonsum hat hier im Zuge des Wirtschaftswachstums der vergangenen Jahre zugenommen, insofern da eventuell Marktlücke? Aber das Mehr an Fleisch wird ja trotzdem weiter traditionell zubereitet. Kosten der Anschaffung außerdem nicht unerheblich. Meine Nachfrage ergab aber wenig, offensichtlich wurde keine Marktanalyse gemacht.

Morgen Botschaftsparty.

Die Botschaft lag im ehemaligen Prachtviertel von Hanoi, mit ausladenden Alleen und Villen aus der Kolonialzeit. Das riesige Gebäude stand hinter hohen Mauern verborgen und wurde von einem mit großen Palmen und Nadelbäumen üppig bepflanzten, weitläufigen Garten umgeben. Im hinteren Bereich des Gartens, vor einem kleineren Nebengebäude, befand sich ein Bassin, das laut eines am Rand angebrachten roten Piktogrammes ein Löschwasserbecken war, an dem aber regelmäßig Partys abseits von Stehtischen und Etikette abgehalten wurden.

Es war der Geburtstag von irgendjemandem, aber von wem, das war bereits um acht Uhr abends nicht mehr mit Sicherheit auszumachen. Neben einem mit Papiertischdecken abgedeckten Holztisch, an dem ein Barkeeper Cocktails mixte, waren einige Decken und Kissen auf dem Rasen verteilt und vereinzelt verblichene Lampions in Rhododendronbüsche gehängt worden. Überall bewegten sich Schatten, deren Stimmen gedämpft durch die Luft vibrierten. Manche standen, andere lagen auf den Kissen und waren in der Dunkelheit kaum mehr unterscheidbar ineinander verwoben. Herzstück der Szene bildete jedoch das Bassin, aus dem es erregt gluckste. Hier bewegten sich die Schatten geschmeidig wie Haie umeinander und schienen sich zumindest ab der Körpermitte abwärts in wellende Verformungen aufzulösen.

Die Journalistin war in diesem Zwielicht nicht auffindbar gewesen, und ich hatte auch nicht nachhaltig nach ihr gesucht. Nachdem mir der Mensch an der provisorischen Bar einen undefinierbaren Drink gemixt und ich zwei Minuten unschlüssig vor seiner Wirkungsstätte herumgestanden hatte, stellte ich mich etwas abseits und wartete auf die langsam einsetzende Wirkung des Getränks. Erst auf den zweiten Blick bemerkte ich einen Schatten vor mir. Der junge Botschaftsmitarbeiter dort in der Dunkelheit hielt seinen Cocktail fest umklammert und achtete penibel darauf, dass ihm weder die Brille von der Nase rutschte, noch seine Füße die perfekte Parallelität, in denen er sie platziert hatte, verloren. Mit vor Unsicherheit weit geöffneten Augen starrte er auf das Geschehen im Pool. Von weit her sagte er irgendetwas über Paris zu mir. Ich betrachtete den halbmondförmig geblasenen Boden meines Cocktailglases und versuchte zu ermessen, wie schnell ich trinken müsste, um mich, nach kurzem Anstandsinnehalten mit gerade geleertem Glas, an die Bar und aus einem aufkommenden Gespräch verabschieden zu können. Am Ende der Party legte sich sein Arm um meine Hüfte, ich roch seinen Champagneratem, während sein eiserner Griff mich in das Gebüsch zu ziehen versuchte. Ich wandte mich und ging.

METROPOL HOTEL HANOI

Nachdem ich an jenem Nachmittag im Metropol Hotel die schwere Tür des WCs von außen geschlossen hatte, durchquerte ich die spiegelglatte Vorhalle und stellte mich an den Empfangstresen. Der Portier hatte für einen Sekundenbruchteil die langen, schwarzen Wimpern gehoben, mit Kennerblick erkannt, dass ich unmöglich wirklich ein*e Gäst*in seines Hotels sein konnte, den Blick wieder auf sein großes, ledernes Buch gesenkt und sein Telefongespräch fortgesetzt. Als ich mich räusperte und ihn auf Englisch nach der Küche fragte, blickte er wieder kurz auf, warf mir einen unbeteiligten Blick zu, fixierte dann sein Buch und nickte, ohne mich nochmal eines Blickes zu würdigen, in Richtung einer Wand von Topfpflanzen, hinter denen sich eine graue, schwere Tür mit der Aufschrift »Privé« befand. Ich zwängte mich am falschen Bambus vorbei und lehnte mich mit dem Rücken gegen die Tür.

Die Küche war hektisch, laut und wuselig und damit ein harter Kontrast zu der Welt vor den Plastikpflanzen. Ungefähr sieben Köch*innen und Küchenhilfen in schwarz-weiß karierten Hosen und mit fleckigen weißen Hemden liefen auf Plastiklatschen zwischen inselartigen Arbeitsflächen hin und her und riefen sich Worte in unterschiedlichen Sprachen zu, lachten, schwenkten Teller, knallten Gläser in große Maschinen und warfen ganze Pfannen in die Luft.

Emil saß mit hängenden Beinen auf einer der Arbeitsinseln und schlug mit einem Schneebesen in einer silbernen Schüssel herum, die er sich auf den Oberschenkel gestellt hatte. Sein Kopf war leicht nach rechts geneigt, um der kupferfarbenen Abzugshaube, die über dem weiß gekachelten Arbeitsplatz schwebte, auszuweichen, und auf der linken Schulter balancierte er ein Küchentuch. Als er mich sah, quietschte er kurz, stellte die Schüssel scheppernd neben sich und sprang von seiner Sitzgelegenheit. Er kam auf mich zu, legte seinen Arm um meine Schulter und rief auf Vietnamesisch etwas in Richtung einer Durchreiche in der hinteren Wand der Küche. Daraufhin erschien der hochrote Kopf eines dicken Mannes mit Kochmütze, und eine wurstige Hand winkte uns heran. Wir bahnten uns unseren Weg. Emil stellte mich auf Englisch vor, und der Koch sagte, er freue sich und ich solle mit dem Assistenten des Hotelmanagers sprechen – Emil solle mitkommen. Emil schob mich wieder zu seinem Arbeitsplatz und griff zu einem Telefonhörer, der neben der Tür an der Wand hing. Dann verließen wir die Küche.

Als wir vor dem Plastikbambus standen und die zufallende Tür die Küchengeräusche bis auf ein unverständliches Gemurmel verschluckt hatte, sagte Emil, wir würden mit dem Assistenten einen Kaffee trinken gehen. Der sei für alles Finanzielle zuständig. Also traten wir hinter den Plastikpflanzen hervor und gingen zu einer Glastür, die weit geöffnet war. Dahinter befanden sich die natursteingepflasterte Terrasse und der Garten des Metropols, in dem hohe Bambussträucher – diesmal echte – jeden Blick auf benachbarte Gebäude abfingen und ein Miniaturbach tapfer gegen den entfernt dahinrollenden Straßenlärm der Hai Bà Trưng anplätscherte. Wir setzten uns an einen runden Kaffeehaustisch mit eingelassener Glasplatte, auf der noch die Abdrücke zuvor genossener Getränke klebten.

Der Assistent erschien, dicht gefolgt von einem Kellner in Servierkluft, der ein Tablett mit drei Cà phê sữa đá vor sich her balancierte. Der Assistent war mindestens drei Jahre jünger als Emil und ich und machte mit einer unbestimmten Handbewegung und einem auf den Tisch geknallten kleinen schwarzen Notizbuch sofort deutlich, wie sehr er unter Zeitdruck stand. Um diese Tatsache nochmal zu unterstreichen, setzte er sich nur auf die Vorderkante seines Stuhls. Dem Kellner, der die Kaffeegläser vorsichtig vor uns platzierte und sich mit einer kurzen Verbeugung zurückzog, schenkte er keine Aufmerksamkeit. Stattdessen kratzte er sich mit dem Ringfinger und hochgezogenen Brauen dreimal in der Lidfalte und fragte Emil, was es gebe. Emil stellte mich kurz vor und sagte, ich würde in Hanoi Fritteusen verkaufen. Der Assistent musterte mich und fragte, ob sich das Geschäft lohne. Bevor ich dazu etwas sagen konnte, grinste Emil und fügte hinzu, ich würde auch schreiben, aber nicht besonders erfolgreich, weil ich nur Geschichten fremder Leute sammle und mir keine Meinungen bilden könne.

Die Bemerkung war unnötig gewesen. Und außerdem stimmte sie nicht. Ich hatte mal eine Meinung gehabt und sie auch kundgetan. Das war vor ein paar Jahren, im Luberon. Ich lernte auf einer Reise durch Südfrankreich eine Frau kennen, Alter unschätzbar, aber ausgehend von ihren Geschichten und ihrer Zuversicht musste sie uralt sein. Äußerlich war sie klein, hatte ein von Sonne und Erfahrung faltiges Gesicht, und das machte sie wunderschön. Sie wohnte auf einem ehemaligen Hof, der alles beherbergte, was sie von ihren

Reisen mitgebracht hatte, verschnörkelte Truhen, massiven Silberschmuck und ein Beduinenzelt, so groß, dass eine Hochzeitsgesellschaft darin Platz gefunden hätte. Sie war Schottin und über die Schweiz nach Südfrankreich gekommen, wo sie beliebt und bekannt war für große, laute Festessen auf ihrem Hof und einmal wöchentliches Speisen im Golfclub, dessen Mitglieder sie weniger schätzte als den Koch. Sie bekam in jedem Restaurant im Umkreis von hundert Kilometern einen Tisch, unabhängig von Besucher*innendichte und Uhrzeit. Die Gendarmerie bestach sie mit selbstgemachten Brownies, um die Einbahnstraße, in der ihr Arzt ansässig war, in beide Richtungen nutzen zu können. Wenn sie sie in ihrem weißen Kleintransporter, hinter dem Lenkrad versinkend, viel zu schnell die Straße hochschaukeln sahen, drehten sich die Gendarme um und lasen mit verblüffender Konzentriertheit die Aushänge an der Kirchhofsmauer. Das war Hanna.

An einem Abend, wir hatten gerade vor Hannas karamellgebräuntem Zitronenhühnchen Platz genommen, knirschte ein blank geputzter Citroën über den beigen Kies auf den Vorhof und ein großer Mann mit Strohhut, bis zur Brust geöffnetem Leinenhemd und weißen Tennisschuhen stieg aus, in der Hand eine in einem Sack verpackte Gitarre. Er rief ihren Namen und schwenkte die Gitarre über seinem Kopf. Hanna sagte, das sei ihr Ex-Freund Charles, der aus St. Tropez hochgekommen sei. Die Tatsache, dass er ihr Ehemaliger war, ließ die Vermutung zu, dass sie gleichaltrig seien, aber wo Hannas zerfurchtes Gesicht die Erfahrung und Zuversicht einer in sich vollkommen ruhenden Person zeigte, war Charles' Haut glatt und leicht gerötet wie die eines Kindes und in seinen blauen Augen flimmerte ab und zu Unsicherheit. Charles setzte sich, Hanna legte ein weiteres Gedeck auf, und dann redeten wir zwei Tage und zwei Nächte lang, nur unterbrochen von gelegentlichem Gesang und Schlaf. Wir redeten beim Frühstück, wir redeten am Pool, wir redeten zwischen den Häusern, mit nackten Füßen auf dem warmen Kies stehend, auf den Autofahrten ins Restaurant, im Restaurant und beim Wein danach. Ab und an kam es zu Diskussionen, die Rolle der Frau in der Gesellschaft schien Charles anders zu bewegen als Hanna, auch über die politische Situation in Europa und Steuern schienen sie uneinig. Charles und Hanna erzählten, wie sie sich angefreundet und dann verliebt hatten, sie redeten von alten Bekannten und von Charles' Zeit als Country-Star der Schweiz in den sechziger Jahren. Als ich ihn fragte, weshalb er so gut Deutsch spreche, erzählte er mir von seiner Sprachschule in Heidelberg, und als er mir am Abend vor seiner Abreise seine Adresse aufschrieb und ich ihn nach seinem polnischen Nachnamen fragte, erzählte er, dass seine Vorfahr*innen aus Polen ausgewandert seien.

Am Morgen seiner Abreise saß Charles am Frühstückstisch. Ich hatte ihn schon längst auf der Straße gewähnt. Er wartete dort mit Kaffee, Hanna war aus dem Haus gegangen. Er erzähle das sonst eigentlich nicht, sagte er, weil die Leute damit nicht umgehen können, aber wir haben so viel geredet, dass er es doch gern noch sagen wolle. Er sei Jude und seine Familie aus Polen nach Frankreich gekommen, nach Paris genauer gesagt. Alle seien in Auschwitz umgekommen, bis auf seine Mutter, die mit gefälschtem Pass und ihm im Koffer über die Demarkationslinie nach Südfrankreich geflohen sei. Aus Auschwitz zurückgekehrt war nur der beste Freund seines Vaters, sein späterer Stiefvater. Die Kindheit in Frankreich sei genauso von inner- und außerfamiliärem Schweigen geprägt gewesen wie all die Erwachsenenjahre, in denen sich der Rest Europas so dezidiert mit der Schuldfrage der Täter auseinandergesetzt habe, dass er die Opfer vergaß. Ich fragte ihn, wie er nach all dem jemals hatte Deutsch lernen können oder in Heidelberg studieren. Er sagte, er habe den Deutschen längst verziehen, er habe die Heidelberger Studierenden gesehen, die ihre Eltern nach ihrer Schuld fragten, die sich Freiheit von der Vergangenheit wünschten, genau wie er. Die sich diese Freiheit einfach nahmen. Er sagte, diese Menschen hätten genauso gelitten. Und er sagte, ab einem bestimmten Punkt könne man nicht mehr beurteilen, was Schmerz und Trauer und Verlust in einem Menschen auslösen, da müsse man vergessen, denn wenn man sich erinnern würde, könne man es nicht ertragen, man würde sterben. Er habe nur wegen seiner Gitarre überlebt.

Ich erzählte ihm von meinen Großeltern, die niemals über ihre Rolle während des Nationalsozialismus und des Krieges gesprochen hatten, die diese Aussage verweigerten, sich als Opfer unter Opfern sahen und gleichzeitig die alten Nazis in einem neuen System wiederwählten. Ich sprach von der kollektiven Schuld der Gesellschaft, dass die Nazis bis heute in der Administration geduldet würden. Er sagte, jeder habe die Freiheit zu wählen, wie er mit dem Schmerz umgehe. Das war der Punkt, an dem ich sagte, dass ich ihn nicht verstehe. Dass ich seine Stärke und seine Größe zu verzeihen anerkenne und bewundere, aber dass die Freiheit unserer Großeltern, sich für das Vergessen zu entscheiden, und die Freiheit ihrer Kinder, unserer Eltern, die persönliche Freiheit, das Freimachen von der Vergangenheit, vor die kollektive Freiheit zu stellen, dazu geführt hätten, dass sie zu einem Lippenbekenntnis wurde, das in

Realität ganz woanders seine Begrenzung fände als bei den Nächsten. Und dass die Elterngeneration uns nichts anderes übrig gelassen hätte als kollektives Versagen. Und nach unserer persönlichen Freiheit nie gefragt hätten, in der Annahme, es sei die ihre, es sei das Geschenk ihrer vielbesungenen Revolution, die es in Wirklichkeit niemals gegeben habe. Unsere Freiheit ende da, wo ihre persönliche Enttäuschung anfange. Charles sah mich an und sagte, ich könne das nicht beurteilen. Von da an war es mir mit Meinungen zu anstrengend geworden.

Ich hatte kein Interesse, diese Geschichte noch einmal unter den leeren, desinteressierten Augen des Assistenten im Garten des Metropols zu wiederholen, zumal mit dem voraussichtlichen Ergebnis kompletten Unverständnisses. Emil war mit seinem Kaffeesatz beschäftigt, und ich fragte den Assistenten, ob er nun die Fritteuse kaufen wolle oder nicht. Er wollte nicht, und ich fuhr nach Hause.

TEIL 2

// In Europa hatte es wieder einen Terroranschlag gegeben. //

Ich vergaß, wo, in der Sekunde, in der ich die Zeitung beiseitelegte. Ich legte sie weg, stand auf und blieb ein paar Momente auf dem Balkon. Blickte auf die Đội Cấn, die dahinfloss. Ein vollkommen regelmäßiges Chaos aus flitzenden Ladenbesitzer*innen, dampfenden Straßenständen, sich schlängelnden Motorrädern, fröhlichen Kindern, spielenden Katzen. Das Leben. Ich nahm den Marmoraschenbecher in die Hand, der auf dem Tisch stand, und wog ihn. Eine plötzliche Leere stieg in mir auf, das Gefühl von Sinnlosigkeit und ein grausamer Gedanke, den ich abschütteln wollte, aber nicht konnte. Wenn ich den Aschenbecher jetzt warf, jemanden damit erschlug, dann würde das Chaos für einen Moment ein anderes werden. Es würde dort stillstehen, nicht lange, aber doch lange genug – dort, wo der erschlagene Körper lag, und anschließend würde es sich einen Weg drumherum suchen. Sie würden mich suchen, aber mit einem Schritt nach hinten hätte ich mich ihrem Blick zunächst entzogen. Ich fragte mich, wie lange es dauern würde, bis sie doch in die Wohnung kämen. Und ob sie wirklich in meine kämen oder mit den Nachbar*innen vorliebnähmen, die rauchten. Ich fühlte mich mir selbst fremd, bekam Angst vor mir.

Vorsichtig stellte ich den Aschenbecher zurück auf den Tisch und fuhr nach Hoàn Kiếm.

1992 drehte Catherine Deneuve *Indochine* in Vietnam, zu einer Zeit, in der es auf den Straßen Hanois so ruhig war, dass es weniger gebraucht hätte als einen Aschenbecher, um das Chaos zu beherrschen. Zu einer Zeit, als in der Öffentlichkeit tunlichst vermieden werden sollte, Französisch zu sprechen. Aber auf der Điện Biên Phủ gab es ein Café, nicht mehr als eine Garage, bestückt mit einem mit Patisserie befüllten Glastresen, schienbeinhohen Hockern aus Plastik und blank geputzten Alutischchen, in dem Französisch gesprochen wurde und in dem Catherine Deneuve einst Croissants und Joghurt frühstückte. Riesige *Indochine*-Plakate an den Wänden zeugten noch heute von diesen Jahren, und vergilbte Schwarz-Weiß-Fotos der Grande Dame mit dem Besitzer Viet Mạnh Hùng. Der saß stets am vordersten Tisch am Eingang, gleich unter dem Garagentor, auf einen Holzstock gestützt. Er schaute die Eintretenden niemals an, und doch sah er alles. Das hohe Alter und das, was er als Französisch sprechender Vietnamese in Hanoi zweifelsohne hatte erleiden müssen, hatten sichtbare Spuren hinterlassen, aber in seiner Präsenz wirkte er riesig. Ein trotziger, unzerstörbarer Stolz ging von ihm aus, der nur jemandem innewohnen kann, der Furchtbares hatte erleiden müssen, der aber dennoch an seinem Weg festgehalten, der sich dem Grund für sein Leiden trotz allem nie entsagt hatte. Er hörte nie auf, Französisch zu sprechen, hatte es seinen Kindern beigebracht, all die Schikanen ertragen und auf den Moment gewartet, in dem ihm das Schicksal Recht geben würde. Es ging ihm nicht um die Verherrlichung des Kolonialismus, der das blieb, was er war, grausam, unrechtmäßig, oder die Verachtung des kommunistischen Regimes. Es ging ihm einzig um das Festhalten an etwas, das ihm wichtig war, das ihn ausmachte: seine Sprache. Und herab stieg hollywoodesk Catherine Deneuve auf der Suche nach Französisch sprechenden Kompars*innen und Übersetzer*innen – und guten Croissants. Ohne ihre Chanel-Brille abzunehmen, war sie in sein Café gekommen und hatte ihn gebraucht. Er hatte sie nicht gebraucht, aber es hatte ihn gefreut.

Im hinteren Teil der Garage wurde man von seinen zwei Töchtern empfangen, nicht weniger stolz als der Vater. Sie hatten ihre Haare kunstvoll toupiert und servierten mit perfekt lackierten Fingernägeln. Sie akzeptierten nur Französisch. Sprach man sie auf Englisch an, blieben sie so lange regungslos neben einem stehen, der Stift über dem Block erfroren, die Miene starr, bis man die Bestellung auf Französisch wiederholte. War dies geschehen, wurde diese sogleich in Richtung eines Vorhangs an der Rückwand der Garage gebrüllt, hinter dem die jeweils andere Schwester gerade beschäftigt war. Ebenso lautstark wurde der Empfang der Bestellung bestätigt. Dann kehrte wieder Erhabenheit ein.

Ich setzte mich unter eines der *Indochine*-Poster und legte meinen Kopf in Deneuves vergilbten, überdimensionalen Schoß. Ein Ventilator voll mit Fliegendreck und Staub keuchte an der Decke. Hinter mir schlürfte eine junge Vietnamesin eine Phở. Ihr Gesicht verschwand vollständig in der Schüssel.

Ich erwachte, als Emil eintrat. Entweder hatte ich ihm Bescheid gegeben oder er hatte es mit seiner unerklärlichen Gabe geschafft, mich aufzuspüren. Er bedachte den Besitzer im Vorbeigehen mit einem abschätzigen Blick und ließ sich auf einen Hocker fallen. Mit einem Kopfnicken in Richtung Viet Mạnh Hùng und einem schweifenden Blick durch den Raum fragte er, was man sich hier eigentlich einbilde. Vor mir standen inzwischen Joghurt und ein grüner Tee. Ich zog beides heran und begann zu frühstücken. Emil bestellte einen Cà phê sữa đá, zündete sich eine Zigarette an und murmelte etwas von Kollaborateur*innen. Ich war genervt von seiner Arroganz und teilte ihm meine Vermutung mit, dass er es sich zu einfach mache, dass der Geschichte womöglich eine gewisse Tragik innewohnen müsse, aus der sich dieser Stolz speiste. Emil lachte spöttisch auf und bemerkte, wie auch immer, das sei es wohl kaum wert gewesen. Ich verzichtete darauf zu fragen, was es dann wert sei, aber an der Art, wie er plötzlich vor sich selbst verstummte, wurde deutlich, wie schwer die Frage in der heißen Luft unter dem keuchenden Ventilator hing.

Der Smog war an diesem Tag zum Schneiden. Als ich mit meinem grünen Tee und mit Emil durch war, fuhr ich zum West Lake, wo an einem Tempel Seerosen angebaut wurden. Die Rosen dümpelten träge auf kleinen Wellen, erzeugt durch die Bewegung von Mönchen, die knietief im Brackwasser standen und gärtnerten. Ihr Rosa war wie das Gelb des Tempels und das Grün der Palmen und Blätter von einem schmierigen Film überzogen, der sie wie die Pappkulisse in einem Super-8-Film erschienen ließ. Nur dass die Spule mit halber Geschwindigkeit lief. Das Wasser schwappte schwer gegen eine graue Steinwand, die es über die Jahre ausgehöhlt und mit schwarzem Moos überzogen hatte. Ich fuhr zurück in die Altstadt.

Es war zu früh für das Mittagessen, deshalb fuhr ich zu einem billigen Café, dessen Besitzer immer dieselbe Bob Dylan-Platte spielte und die internationalen Tageszeitungen von gestern von einem überteuerten Boutique-Hotel an der Oper überlassen bekam. Ich war in letzter Zeit oft hier gewesen, denn selbst wenn die Zeitungen und Magazine von gestern waren, geschah in Europa derzeit täglich so viel, dass man sich überraschen lassen konnte.

Das Viertel lag südlich der Oper und weil die Straße vor dem Café keinen Platz zum Parken ließ, hatte ich einen Deal mit einem benachbarten Garagenbesitzer gemacht. Er bewachte mein Motorrad, während ich mich vergewisserte, dass es die beste Idee gewesen war, jetzt nicht in Europa zu sein. Als ich vor seiner Garage hupte, lugte er aus dem Bretterverschlag, in dem er in einer Hängematte liegend auf Kundschaft zu warten pflegte, und quetschte seinen Oberkörper aus dem engen Türspalt. Ich nahm den Helm ab. Er hatte etwas gezischt, das ich nicht verstanden hatte. Er bedeutete mir, dass man ihm bedeutet hätte, dass ich hier nicht erwünscht sei. Und etwas lauter: Dies sei eine vietnamesische Garage. Mit vietnamesischen Preisen. Ich sah mich um. Normalerweise schlenderte bei dem Stichwort »Preis« das für diesen Straßenzug zuständige Sicherheitspersonal um die Ecke und mischte sich in die Verhandlungen ein, bis man ihm monetäre Anreize gab, wieder zu verschwinden.

Aber die Straße blieb leer. Der Garagenbesitzer presste die gleichen Worte nochmal durch die Zähne, zog den Oberkörper zurück und schlug die Tür zu. Ich setzte den Helm auf und fuhr wieder zum West Lake. Der Hanoi Coffee Club & Grill würde erst mittags öffnen.

Am West Lake gab es einen alten Mann, der Kofferradios in einer Garage aufbereitete, sie aber niemals verkaufte. Wahrscheinlich weil heutzutage niemand mehr Kofferradios braucht. Ab und zu saßen ein paar junge Männer bei ihm, die Wasserpfeife, traditionell hergestellt aus großen Bambusrohren, rauchten und sich unterhielten. Ein offizielles Lokal schien es aber nicht zu sein. Heute saß der Alte allein dort. Nachdem ich das dritte Mal um den See gekurvt und an ihm vorbeigefahren war, nickte er mir kurz zu und lächelte mild. Aus einem seiner Kofferradios scholl Janis Joplins *Me and Bobby McGee.* »Freedom's just another word for nothing left to lose.«

Als ich um halb zwei die strahlend weiß getünchte Außentreppe zum Hanoi Coffee Club & Grill hochstieg, zu den sattgrünen Palmenblättern aufschaute, die über die Brüstung des Dachgartens ragten und sich gegen den grau verschmierten Himmel abhoben, als sich die verzierte Holztür öffnete und mir die von der Klimaanlage angenehm abgekühlte Luft über die roten Läufer entgegenkam, und nachdem ich den Aufzug nach oben genommen hatte, empfing mich fröhliches Stimmengewirr von der Terrasse. In ihrer Mitte, eingekreist von Topfpalmen und Buddhastatuen, hatte sich eine große Gruppe deutscher Studierender Tische und Stühle zusammengeschoben und aß zu Mittag. Obwohl sie in Begleitung eines Professors waren, der in kurzärmeligem Karohemd und Trekkinghose an einem der Tische saß, riefen sie sich laut und lachend Anekdoten zu, kommentierten belustigt die Speisen und tranken Bier. Ab und zu gluckste der Professor mit. Sie kamen aus Münster. Ich hatte dort auch studiert. Sie erzählten sich von langen Partynächten und Fahrten zu Konzerten nach Berlin. Sie ärgerten sich gegenseitig mit Spitznamen und versuchten, sich mit peinlichen Geschichten zu überbieten. Dann hob der Professor zu einer kleinen Rede an, die eine vergleichbare Geschichte enthielt, bei der alle betreten grinsten, und sagte dann, er hoffe, dass wenn sie gleich nach Hause fliegen würden, sie diese Reise gelehrt habe, nicht zu schnell fertig zu studieren, sich Zeit zu nehmen. Die Studierenden klopften zustimmend auf die Tische, manche klatschten. Und plötzlich wollte ich mich dazusetzen, viel mehr, wollte mit ihnen zurückfliegen, zu einem Zuhause.

Ich ging stattdessen an ihrem Tisch vorbei und hielt nach meinem bevorzugten Platz im hinteren Bereich der Terrasse Ausschau. Der Platz war besetzt. Dort saß ein Mann unter den Topfpflanzen, hellblaues Hemd, das über der knochigen Brust offen lag, und kleine, braune Locken über den Schläfen. Unter seiner dünnen, beigen Leinenhose zeichneten sich deutliche Konturen seines Schritts ab, aber sein Selbstbewusstsein hielt das augenscheinlich aus. Mir fehlte die Souveränität, mir einen anderen Platz zu suchen, und ich setzte mich daneben. Wir kamen ins Gespräch. Er erzählte nicht von sich, wich den Fragen nach Herkunft und Tätigkeit charmant aus und fragte mich nur, was ich hier mache. Ich sprach von den Fritteusen. Seit dem Streit mit Emil sagte ich nicht mehr, dass ich in Vietnam sei, um zu schreiben. Es endete immer gleich, die Nachfragen konnten grundsätzlich nicht beantwortet werden. Ich erzählte ihm also von den Fritteusen. Und er lachte. Er hatte ein helles Lachen und Augen, die einen anleuchteten und gleichzeitig so liebevoll betrachteten, dass man sich jede Lächerlichkeit vergab. Er lachte also, entschuldigte sich dann, obwohl er und ich wussten, dass das überflüssig war, und sagte, er treffe von Bali bis Melbourne nur Europäer*innen, die den Sinn des Lebens suchten und eine möglichst kreative Beschäftigung, auf die sie weder viel Zeit noch Mühe verschwenden wollten und die gleichzeitig ihre kapitalistischen Bedürfnisse befriedige. Und ich verkaufte Fritteusen. Er nahm einen Schluck Wasser und lachte leise, schüttelte den Kopf. Seine braunen Augen überschütteten mich mit Zuneigung und seine Lachfalten spielten verzückt mit meiner Einfallslosigkeit. Ich drehte das Glas in meiner Hand und zuckte die Achseln. Ich wollte gerade ansetzen und ihm doch von der Schriftstellerei berichten, da schob er nach, ich solle doch schreiben. Diese Sache mit den Fritteusen in Vietnam, das solle ich aufschreiben. Und er lachte wieder. Ich sah ihn an. Seine weichen Züge unterstrichen die Leichtigkeit des eben Gesagten, wie greifbar das war, für ihn eine Nebensache, ein Scherz. Ich stellte mein Glas auf den Tisch. Er nickte mir aufmunternd, aber leicht verwirrt zu, er sah, dass er etwas ausgelöst hatte, das er nicht einordnen konnte, und das verunsicherte ihn offensichtlich. Als ich zum zweiten Mal ansetzen wollte, um ihm die Sache mit der Schriftstellerei zu erklären, wurde ich von einem Anruf unterbrochen. Max war gestorben. Max war mein bester Freund.

TEIL 3

Ich fuhr in meine Wohnung, legte mich hin und stand lange nicht auf. Die Wand in meinem Zimmer, die durch eine lecke Regenrinne an der Außenwand feucht war, schimmelte. Und weil das Zimmer dunkel blieb, wurde sie mit den Monaten samtgrün und flauschig. Vor meinem inneren Auge zogen die verzinkten Dächer von Paris vorbei, die Gerüche des Marktes in Istanbul, ein blühender Kirschbaum vor dem Juristischen Seminar in Münster. Ein kleiner Tisch in einer dunklen Flurnische, auf dem Ordner gefüllt mit Belanglosigkeiten lagen, die hätten gelernt werden müssen. Stattdessen drückten unsere Kniescheiben beim Gegenübersitzen aneinander, und wir redeten über den Schokoladendiebstahl der Mitbewohnerin, der nicht angesprochen werden konnte, weil man vorher mit ihr geschlafen hatte und mehr nicht in Frage kam. Ein vergilbter Sammelband von Steinbeck, mitgebracht aus einem Antiquariat oder von einem Flohmarkt. Denn darüber hatten wir gesprochen. Ein kleines Fellknäuel, ein weiches Häschen am Ufer des Bosporus, das man gegen ein paar Cent in die Hand nehmen durfte und das mit seinem Mäulchen einen Wunsch aus einem Häufchen Papierfetzen mümmelte. Diskussionen um eine schielende Katze mit Überbiss, die im Zimmer schlafen wollte. Kaum wähnte er mich eingeschlafen, wurde die Tür geöffnet, und die Katze drückte sich durch den Spalt. Die erste Zugfahrt nach

Lille mit seiner eisig schweigenden festen Freundin, die lieber mit ihm alleine gewesen wäre. Feuchtwarmer Rasen und schales Bier nach Sommersemesterklausuren, die Augen geschlossen, die ersten warmen Strahlen im Gesicht und wohliges Schweigen. Vorgetäuschtes Interesse für die vorgespielten Lieder unbekannter Bands, die mich nicht interessierten. Plattenstöbern und Jutebeuteltausch. Ärger darüber, dass er nie sagen konnte, was er eigentlich wollte. Lange Kaffeekonversationen zwischen Fachschaftsengagement und Terminen, die man allein so nicht bewältigt hätte. Ein Sommerabend am Schloss auf einer weichen kalten Wiese und ein Bad im gekippten Tümpel, um einen Ball herauszufischen. Viele Abschiede und viele Wiedersehen, Neukennenlernen nach jeder Trennung und Verwunderung über den Lebensstil des anderen. Hamburg blitzt auf, aber warum? Beißender Dieselgeruch in Kuba, klammkalte Nächte im winterlichen Andalusien, ölende Tage in Vietnam, aber Max taucht nicht auf. Dann wieder Berlin, ein Abend an der Rummelsburger Bucht. Geschichten über fremde Länder, wilde Pläne. Frauen und Männer. Ein Wortwitz, ein schelmisches Grinsen, die schlechte Pointe ist vergessen. Ein abgesagtes Treffen, zwei abgesagte Treffen. Ein Telefonat, er geht nach Paris. Neid in der Kehle, ich wollte immer nach Paris. Ein Treffen, lange nicht mehr gesehen, schaffen wir es noch vor Vietnam, vor Frankreich? Wahrscheinlich nicht. Aber müssen wir. Also eine Stunde im dreckigen Park, auf einer Wiese, die keine mehr ist. Um uns herum alle, lange nicht gesehen, und plötzlich wird es still. Nur noch wir. Wie immer. Eine Stunde lang. Die Versicherung, dass man sich so oft aus den Augen verliert, aber wenn man sich dann wiedersieht, dann ist es wie immer. Wieso ist das so? Lachen, Erleichterung. Nachhauseeilen, die letzte Umarmung für den bereits zu dünnen Körper. Pass auf dich auf. Und das nächste Mal nicht so lange warten.

Nach ein paar Monaten stand ich auf, fuhr zum Hanoier Hauptbahnhof, kaufte ein Ticket für den Wiedervereinigungszug. Ich wollte nur weg. Oder hin, zu dem, was gewesen war. Ich legte mich auf die dünne Matratze. Der Zug fuhr los, ich zog die gelbe, von der Sonne ausgeblichene Gardine zu und starrte an die Unterseite der Pritsche über mir, die an zwei Ketten hängend quietschte. Bilder aller Zugfahrten, die mir Spaß gemacht hatten, spulten durch meinen Kopf. Mit dem Savannahlander von Cairns nach Mount Surprise, nur das rostrote Outback und der silberne Zug voller vitaler Senior*innen. Von Berlin nach Paris, ab Brüssel im TGV, eine Bekanntschaft in der Metro, die mich nach einer durchtrunkenen Nacht am nächsten Tag in aller Eile zum Bahnhof fuhr, dramatischer Abschied vor dem dampfenden Zug, obwohl man sich nie wiedersah, der Nachtzug nach Barcelona und von dort aus nach Málaga. Bis es nicht mehr weiterging. Von Bologna nach Berlin, über den Brenner, vorbei an den wartenden Autos, durch tiefgrüne Täler und über hohe, schneebedeckte Berge. Stunden und Tage, die nicht anders vergingen als mit schaukelnder Ruhe und dem Blick aus dem Fenster. Aber selbst Erinnerungen sind verloren, wenn man morgen stirbt. Dann ist Gestern nicht wichtig. Irgendjemand zog irgendwann die Gardine wieder auf. Der Zug musste an Huế vorbeigefahren sein, Wolkenpass, Đà Nẵng. Nach zwei Tagen kamen wir in Hồ Chí Minh City an. Ich stand auf, wankte zum Ticketschalter, kaufte mir ein Ticket, legte mich auf die Pritsche und fuhr wieder zurück.

In Hanoi legte ich mich auf die Matratze, auf die der Schimmel an der Wand bereits übergegriffen hatte.

Einmal ging ich noch in den Hanoi Coffee Club & Grill. Ich setzte mich an den Tisch zusammen mit einer Europäerin mittleren Alters, es war kein anderer frei gewesen. Trotzdem war es gespenstisch still. Die Europäerin hatte nervöse Ticks. Die ganze Zeit bewegte sie sich, veränderte die Sitzposition, guckte ruckartig erst in die eine, dann in die andere Richtung und drehte die Daumen. Ständig zuckte etwas an ihr. Oder sie seufzte laut.

Außerdem schmatzte sie. Sie schmatzte so unglaublich, selbst in der Pause vor dem nächsten Bissen schmatzte sie. Meine Haut tat mir weh, und ich wollte nur noch raus aus ihr. Ich hatte die ganze Zeit Angst, dass die Europäerin mit mir reden wollen würde.

Dann hatte ich monatelang einen Kloß im Hals. Ich hatte ständig Angst, anzufangen zu weinen. Ich legte mich auf meine aufgeschwemmte Matratze, aber ich weinte nicht. Um nicht doch weinen zu müssen, ging ich nicht raus.

Emil sagte, er habe mich ein paar Mal angerufen. Der Typ aus dem Dschungel, der Einsiedler, sei in Hanoi gewesen, genauer gesagt im Hanoi Coffee Club & Grill, und ganz nebenbei habe Emil im Gespräch mit ihm die Fritteusen erwähnt. Der Einsiedler habe eine kaufen wollen, aber Emil hatte mich nicht erreicht. Deshalb stand er nun vor meinem Tor, um mich abzuholen. Als ich nicht öffnete, stieg er über den Blitzableiter auf den Balkon und starrte durch die Lamellen des linken Schlagladens, bis sich seine Augen an das schummrige Moosgrün des Innern gewöhnten und sie die braunfleckige Matratze erspähten. Er stieg wieder herunter, nahm den alten Besen, mit dem sonst der Hof gekehrt wurde, kletterte zurück und ließ das Besenstielende so lange über die Holzlamellen rattern, bis ich die Balkontür aufstieß. Emil stellte seinen

Fuß dazwischen, zog mich raus und drückte mich auf den Rattanstuhl. Als er sah, dass ich nur unzureichend bekleidet war, beugte er sich mit angewidertem Blick in das Zimmer zurück, zerrte das dreckige Laken vom Bett und wickelte es mir mit spitzen Fingern um die Schultern. Er steckte mir eine Zigarette in den Mund und lehnte sich an das alte Geländer. Dann betrachtete er mich lange.

Ich konnte seinen Blick nicht lesen. Ich konnte gar nichts sehen. Ein immenser Druck baute sich in meinem Hirn auf, legte sich schwer auf meine Schultern. Ich wollte nur schlafen, schlafen, schlafen. Ich konnte meinen Kopf nicht mehr gerade halten. Er war zu schwer. Mein Kehlkopf fühlte sich an, als sei er auf die dreifache Größe angeschwollen und als drücke eine Schlinge von außen dagegen, und mein eiskalter Brustkorb schränkte das Atmen ein. Der Lärm der Đội Cấn sauste in meinen Ohren, und die Sonne war so grell, dass das Weiß mir den Stirnlappen zerschnitt. Ich wusste nur, dass ich atmete, weil der Rauch in meiner Lunge kratzte. Aber ich fragte mich, wie ich, nachdem ich das gefühlt hatte, je wieder von selbst atmen können, geschweige denn wollen würde. In meinem Bauch steckte eine Klinge von der Größe eines Schwerts. Die rasende Unruhe gepaart mit einer gähnenden Sinnlosigkeit gaben mir die Gewissheit, dass ich niemals weiterleben könnte.

Emil sagte, wir sollten fahren. Seine Worte ließen mich eine Ungeduld verspüren, und ich hätte sie gern mit einem bissig vorgebrachten, schlagenden Argument abgewehrt. Aber jedes Wort lag zentnerschwer auf meiner Zunge, bevor ich es nur unter größter Anstrengung herausrollen lassen konnte. Und so schaffte ich es lediglich zu sagen, dass ich keine Lust habe. Emil sagte, er habe es versprochen und wenn nötig, würde er mich hinfahren, aber auf keinen Fall könne er das Versprechen jetzt brechen. Was würde der Einsiedler denn von ihm denken? Ich fragte mich, was der Einsiedler von mir denken würde, wenn ich bei der Übergabe der Fritteuse anfangen würde zu weinen. Aber das sagte ich nicht zu Emil. Ich hatte Angst, was er dann von mir denken würde.

Ich zitterte. Emil lehnte immer noch am Geländer, und aus Verlegenheit zündete er sich eine weitere Zigarette an. Ich wollte nur zurück auf die Matratze. Ich schwankte auf, da drückte Emil mich zurück auf den Stuhl, lehnte sich wieder gegen das ächzende Geländer und betrachtete mich. Irgendwann fuhr er, und ich legte mich auf die Matratze. Aber die innere Unruhe war geweckt. Hätte ich mich nur nicht bewegt, jetzt war sie geweckt und stritt sich brüllend mit Leere und Erschöpfung.

Emil kehrte zwei Tage später wieder zurück und stieg am Blitzableiter hoch. Ich hatte nach meinem unfreiwilligen Ausflug auf den Balkon nichts mehr getan, und so hatte der Schlagladen seitdem geöffnet in der Angel gehangen. In einer Nacht hatte er immer wieder gegen die Wand geschlagen und mich wachgehalten. Emil schob seinen Oberkörper in das Zimmer und rief betont sanft meinen Namen. Ich antwortete ihm mit geschlossenen Augen, dass ich krank sei und mich melden würde, sobald es vorbei sei, dass ich aber jetzt keine Zeit habe. Anstelle einer Antwort hörte ich ihn eintreten, durch das Zimmer huschen und in den Flur verschwinden. Ich hörte ihn in die Küche herabsteigen und die Haustür öffnen. Kurz darauf quietschte das Tor zur Straße. Er wechselte ein, zwei Worte mit einer Frauenstimme und dann hörte ich zwei Motorräder, die über die steinerne Rampe in die Küche geschoben wurden. Schritte kamen die Treppe herauf, und im Bad wurde das Wasser angestellt. Kurz darauf betrat Emil wieder mein Zimmer, und ich öffnete die Augen. Seine Silhouette hob sich gegen das elektrische Licht im Flur ab, ich konnte erkennen, dass er sich die Haare raspelkurz geschoren hatte. Als er näher kam, sah ich zum ersten Mal Sorge in seinen Augen – und Distanz. Er setzte sich auf die äußerste Bettkante und drehte sich nur zögerlich zu mir. Ich sah ihn an und wusste nicht, was ich sagen sollte. Wir hatten in Wahrheit nie viel geteilt. Ich wollte grinsen und etwas Lächerliches sagen, aber in seinen Augen fehlte für einen Sekundenbruchteil die Contenance, und da verlor ich auch meine. Ich hatte meine eigentlich sowieso nicht mehr. Ich war ganz nackt. Aber er war es in dieser Millisekunde auch. Da hatte ich nicht mal mehr Angst zu weinen.

In den nächsten Momenten überredete mich Emil, mich unter den heißen, blubbrigen Duschstrahl zu stellen, und wies mich, bevor er das Bad verließ, an, auch Seife zu benutzen. Ich hielt nur kurz den Kopf unter den Strahl, damit meine Haare nass wurden und es so aussah, als hätte ich geduscht. Meine Füße waren zu schwer, um über den hohen Wannenrand gehoben zu werden. Das Wasser war zu heiß, und ich verbrühte mir fast den Hinterkopf. Als die Haare nass waren und über meinen vorgebeugten Kopf und das Gesicht hingen, hatte ich das Gefühl, den Kopf nie wieder heben zu können.

Emil wartete vor der Tür mit einer Jeans, die ich nicht kannte, und einem ausgewaschenen T-Shirt in der Hand. Er reichte mir die Sachen durch den Türspalt, und als ich angezogen rauskam, fing er mich ab und schob mich die Treppe herunter in die Küche. Unten saß die Journalistin und aß Müsli. Als sie aufsah, setzte sie den Löffel ab und schaute betroffen. Hallo. Wir kennen uns, glaube ich. Tut mir Leid mit deinem Kumpel. Ich winkte ab und betrachtete die volle Müslischale, die Emil mir hingeschoben hatte und in die gerade ein weißer Strahl wässrige Milch schoss. Wir fahren heute zum Cúc Phương Nationalpark, sagte Emil, während er angestrengt darauf achtete, den Strahl nicht aus den Augen zu verlieren. Er wollte mir nicht in die Augen sehen, er wollte so klingen, als ließen seine Worte keine Widerworte zu. Die Journalistin starrte peinlich berührt auf ein paar sich auflösende Flocken in ihrer Schale. Emil begründete niemals die Dinge, die er tat. Da waren wir verschieden. Rechtfertigung lag ihm fern. Ich fragte mich, ob es ihm wirklich nur darum ging, dem Typen seine Fritteuse zu liefern. Oder ob ich als Teil seiner Geschichte mitkommen sollte, die sonst unvollständig gewesen wäre. Ich war müde und nickte. Wenn ich wieder nach oben gegangen wäre, hätte er so lange hinter den Lamellen gestanden, bis ich doch mitgekommen wäre. Ich spürte, wie die beiden sich ansahen. Was hatte er der Journalistin erzählt, dass sie eingewilligt hatte, mitzukommen? Ich spürte, dass er energischer wurde, um ihr die Unsicherheit zu nehmen, ob das eine gute Idee war. Er stellte meine volle Müslischale in die Spüle, ich habe für dich gepackt, schwang sich zwei Rucksäcke über die Schultern und ging zu den Motorrädern. Die Journalistin rutschte vom Hocker und bewegte sich unschlüssig auf eines der beiden Motorräder zu. Sie traut sich nicht zu fahren, sagte Emil zu mir. Du fährst, nimm sie mit. Auf sein Motorrad war die Fritteuse geschnallt.

Habe Möglichkeit, mit zwei Deutschen zum Cúc Phương Nationalpark zu fahren, raus aus Hanoi.

Den einen, Emil, habe ich letzte Woche im Hanoi Coffee Club & Grill getroffen u. er hat mich kurzfristig eingeladen, sie müssen dort eine Fritteuse abliefern (die andere Person hat diesen ominösen Fritteusenhandel). Ist alles kurzfristig und vage, aber erhoffe mir außerhalb von Hanoi nochmal neue Einblicke in vietnamesischen Alltag u. Kultur, andere Perspektiven, mehr Begegnungen. Vielleicht auch Antworten auf meine persönlichen Fragen, wenn ich ein paar Tage mit Deutschen in ähnlichem Alter zusammen unterwegs bin; ggf. hilft Austausch mit den beiden, ihre Beweggründe für Vietnam, ihre Einstellung zur Historie, Verantwortung …

Die Haustür stand offen, und Emil schob erst das eine, dann das andere Motorrad die kleine Betonrampe herunter, die die Küche mit dem brüllend heißen Vorhof verband. Hinter dem grauen Eisentor brüllte die Đội Cấn wie ein Zirkuslöwe, der an seinen Fesseln zerrt. Ich konnte meinen Blick nicht weiter richten als bis zu meinen Fußspitzen, und ich wollte auch nicht. Ob ich mich wieder hinlegte oder jetzt nach draußen trat, die Unruhe war da, die Müdigkeit blieb, kein Schlaf und kein Leben. Ich setzte mich auf mein Motorrad, das Sitzleder drang von der Sonne aufgeheizt durch meinen Hosenboden, und ich spürte an der schnellen, abrupten Federung, wie die Journalistin hinter mir Platz nahm. Kurz musste ich meine Füße in den Boden stemmen und dagegenhalten, damit wir nicht umfielen. Mein Helm legte sich auf meine Ohren und dämpfte den Lärm, engte meine rasenden Gedanken auf eine viel zu kleine Fläche zwischen den Schläfen ein, wo sie nun unaufhaltsam von einer auf die andere Seite schlugen. Emil öffnete das quietschende Tor, und ich rollte langsam heraus. Er schob sein Motorrad hinterher und stellte es dann ab, um das Tor zu schließen. Meine alles erdrückende Ungeduld wandelte sich plötzlich in unbändige Wut auf ihn. Wie konnte er uns jetzt warten lassen, wie konnte er so lange brauchen, um das Tor zu schließen? Ich wollte einfach nur weg. Er wollte, dass ich wegfuhr, und jetzt brauchte er ewig, um dieses Tor zu schließen. Geht's?, fragte die Journalistin beunruhigt, da drehte ich das Gas auf, und wir schossen auf die Đội Cấn.

Auf der Đội Cấn war Trubel wie eh und je, als sei die Welt niemals stehengeblieben. Noch im Anfahren musste ich einem kleinen Kind ausweichen, das seine ersten Schritte am Straßenrand tat, und raste dabei beinahe in eine Frau, die zwar stehenblieb, als ich den T-förmigen Lenker kurz vor ihren Zehenspitzen herumriss, aber sich ansonsten nicht aus der stoischen Ruhe bringen ließ. Kurz wollte ich aufstehen, das Motorrad samt Journalistin fallen lassen und mich zurück ins Bett legen, da hörte ich Emil heranrauschen. Ich sah über meine rechte Schulter und für einen Sekundenbruchteil konnte ich durch den Helmschlitz direkt in seine besorgten Augen schauen. Ein hellblauer Strom an Melancholie und Traurigkeit, der sich aus seinem Visier ergoss und als ungetrübtes, klares Wasser eine kleine Pfütze auf dem blubbernden Asphalt hinterließ. Emil überholte mich endgültig, und mechanisch gab ich Gas, schwenkte auf die Straße zurück, fixierte die Fritteuse vor seinem Rücken und folgte ihm.

Wir fuhren über Nguyễn Trãi und Phúc La aus der Stadt. Es war ein Freitagmorgen, und die großen Straßen waren verstopft. Man konnte kaum schneller als dreißig Stundenkilometer fahren, und oft stand man einfach dicht an dicht, spürte die Hitze vom Auspuff des Nebenmenschen am Bein und wartete in einer Wolke aus Abgas, Staub und Knattern. Ich sah nur die Fritteuse vor mir, die Emil mit blutroten Bändern auf seinem Gepäckträger festgezurrt hatte. »3000 max« stand auf dem Karton. Ich hatte mich nie gefragt, was das heißen sollte. Mich hatte aber auch nie jemand danach gefragt. Die Journalistin saß stumm und unbeweglich. Mir war sie sehr egal. Ich konzentrierte mich weiter auf die Kiste, um mich nicht einfach fallen zu lassen und inmitten von alledem liegen zu bleiben, bis jemand über meinen Kopf rollte. Da setzte sich die Journalistin plötzlich zurecht, und ich musste wieder reagieren und mit dem Druck meiner Beine gegenhalten.

Menschen mit Gesichtsmasken und Sonnenbrillen, mit Helmen und Regenponchos aus Plastik bis über die Finger flossen um uns herum, immer in dieselbe Richtung. Und wenn der Fluss zum Stehen kam, dann standen sie bedrückend ruhig. Keine Regung, kein Entkommen. Manchmal saßen mehrere von ihnen auf einem Motorrad. Manchmal quetschte sich zwischen zweien plötzlich ein kleines Kind hervor und schaute sich verwundert um, als hätte es gerade den Geburtskanal verlassen und wunderte sich über die ungreifbar verschwommenen Kontraste, Gerüche und Geräusche, die weniger auf sein noch nicht ausgebildetes Sehvermögen zurückgingen als auf die dampfende Wolke der Straße. In dieser Wolke sahen wir die Welt alle wie am ersten Tag.

Um sich vor ihrem Gift und Schmutz zu schützen, hatten sich die meisten Menschen hier jedes Körperteil bedeckt. Ich hatte keine Atemmaske an und merkte, wie sich an meiner Nasenschleimhaut trockene Klümpchen bildeten und meine Lunge zu schmerzen begann. Auf meinen Armen verbrannte die vernebelte Sonne die Härchen, und es bildete sich ein schweißiger Schmutzfilm.

Die Straße zerschnitt Hanoi gnadenlos, links und rechts stand Haus an Haus, so als wären sie für diese Straße gemacht worden, aber dafür waren sie zu alt. Die Straße hatte, als ihr Hunger durch Handel und Urbanisierung größer und größer wurde, die meisten Häuser gefressen und die Menschen in ihnen nicht einmal gefragt, ob sie ihnen fehlen würden. Stattdessen waren die übriggebliebenen Häuser stärker zusammengerückt, als ob dies der Bedrohung Einhalt gebieten könnte, jede Lücke war gefüllt worden, und nur selten bildete sich eine fast unsichtbare Gasse zwischen den alten Mauern, in die kleine Nebenflüsse vom großen Verkehrsstrom abzweigten und verschwanden.

Haben uns auf zwei Motorräder aufgeteilt. Gespräche durch Verkehrslärm und Helme kaum möglich. Frage mich, ob das die richtige Entscheidung war, es gab irgendeinen Todesfall, von dem mir Emil erst kurz vorher erzählt hat, Stimmung gedrückt, beide sehr mit sich beschäftigt. Emil versucht zwar, von seinem Motorrad ab und an Kontakt aufzunehmen, aber im Helm vor mir bleibt es stumm. Werde versuchen, später bei Emil mitzufahren.

Aber irgendwann franste der Hauptstrom aus, die Straße wurde breiter, die Häuserfront zeigte immer größer werdende Lücken, und in diesen verschwanden immer mehr Vermummte. Dann fuhren weniger Motorräder um uns und mehr uralte Lastwagen. Sie donnerten an uns vorbei, und auf ihren Ladeflächen schwankte ungesicherte Ware. Irgendwann standen die Häuser nur noch vereinzelt, und ihr Farbton war eher sandig als städtischgrau. Sie waren kleiner als in Hanoi und hatten hier und da einen von rohen Mauern umrundeten Vorgarten. Ich hielt das Motorrad rechts, denn die Laster konnten nicht bremsen. Die Straße war löchrig. Auf der rechten Straßenseite hatten die Hausbewohner*innen

Hülsenfrüchte zum Trocknen auf den heißen Asphalt gelegt und sie mit großen Steinbrocken vom Verkehr abgegrenzt. Ich umrundete sie nur nachlässig. Was war ein Sturz gegen dieses Leben?

Emil blickte ein paar Mal über die Schulter zurück und wackelte fragend mit dem Daumen in der Luft hin und her. Ich beachtete ihn nicht, aber am leichten Schwanken des Motorrads spürte ich, dass die Journalistin gestikulierend antwortete. Vielleicht war die Frage auch nicht an mich gerichtet gewesen.

Dann kamen nur noch Felder und gelegentlich Autostädte, die nach langen, staubigen Sandpisten wie eine Fata Morgana aus der wabernden Hitze vor uns auftauchten, bestehend aus einer Häuserreihe links und einer Häuserreihe rechts der Straße, die Häuser eng aneinandergeschmiegt, als ob sie sich in der großen Leere um sie herum gegenseitig festhalten müssten. Sie waren mehrstöckig, schmal und hatten Gitter vor den Fenstern anstelle von Glas. Riesige, für uns unentzifferbare Werbetafeln hingen an ihren Fassaden, und man konnte alles im Vorbeifahren kaufen. Vor Garagen, Imbissen und Elektrogeschäften lagen Männer auf geparkten Motorrollern, den Rücken auf dem Sitz, Kopf auf dem Gepäckträger und Beine über den Lenker hängend, und starrten uns träge an. Frauen standen hinter rostigen Grills und brieten Fleisch oder Gemüse. Den bebilderten Schildern nach zu urteilen, gab es in dieser Gegend viele Milchprodukte.

Emil hielt vor einer improvisierten Garküche und bedeutete mir stehenzubleiben. Ich parkte neben ihm und schaltete den Motor aus. Meine Hände wunderten sich über die abrupt abbrechende Vibration und das Jucken, das sie in den Fingern hinterließ. Wieder war ich unsicher, ob mein Körper mir gehorchen würde, aber dann stieg ich doch ab und konnte alleine laufen. Wir setzten uns auf blaue, wadenhohe Plastikhocker, die im Staub standen, und bekamen sofort und ungefragt wässrige Phở Gà vorgesetzt, in der zwei Stücke weißes Hühnerfleisch schwammen. Auf einem Plastikhocker an der Hauswand saß ein alter Mann und betrachtete uns schweigend. Dann sah er mir ruhig und sanft direkt in die Augen, und ich meinte plötzlich, aus seiner Schädeldecke einen leuchtenden Strahl violetten Lichts ausmachen zu können. Für einen Moment wurde meine Atmung ruhiger. Emil hatte die Fritteuse von seinem Gepäckträger abgeschnallt und so neben seinen Hocker gestellt, dass seine rechte Wade sie berührte. Wir aßen schweigend. Ich fühlte gar nichts. Irgendwann kam ein blank geputzter Reisebus angerollt und ergoss eine Ladung behüteter Tourist*innen über den Vorplatz. Sie verschwanden mitsamt ihrer Rucksäcke, die sie aus irgendeinem Grund auch in diesem Niemandsland vor dem Bauch trugen, im Innern der Garküche und kehrten kurz darauf zurück, jede*r mit einem winzigen Joghurtbecher in der Hand. Sie stiegen wieder in den Bus und verschwanden, wie sie gekommen waren. Emil stand auf, und wir fuhren weiter.

Mittagessen in einer Garküche am Straßenrand, eigentlich nur eine offene Garage mit ein paar Hockern davor, Phở sehr gut. Essen fast schweigend; meinen Gesprächsversuch über den Verlauf der Fahrt nimmt niemand auf.

Trotzdem froh, mehr vom Land zu sehen. Bisher fallen vor allem die Farben auf, sattgrüne Felder, bunte Häuser. Menschen scheinen entspannter als in Hanoi, Hektik der Großstadt ist raus, Verkehr ruhiger. Ein Mann, der eine Gruppe von Tourist*innen aus einem Laden für Milchprodukte hinausführt, lächelt uns von Weitem zu und winkt mit drei kleinen Joghurtbechern in seiner Hand. Ich winke zurück. Die anderen starren weiter in ihre Phở und nehmen ihn nicht wahr.

Emil drosselte sein Motorrad, als kein Laster kam, und winkte mich heran. Ich hatte bemerkt, dass sich die Journalistin ab und zu im Fahren Notizen zu machen schien und gab nur zögerlich Gas. Ich fragte mich, wessen Geschichte das hier sein sollte. Als wir auf seiner Höhe fuhren, rief Emil über das Röhren der Motoren hinweg, wir kämen theoretisch an der Parfüm-Pagode vorbei. Da sollten wir einen Zwischenstopp einlegen. Ich hatte mich nie gefragt, wie lange diese Reise dauern würde. Ich hatte keine Ahnung, wo der Cúc Phương Nationalpark lag. Aber Emil erwartete auch keine Antwort von mir. Die Journalistin wollte die Parfüm Pagode gern sehen. Fünf Minuten später bogen wir an einer für mich beliebigen Stelle von der asphaltierten Straße ab auf einen Feldweg, auf dem sich knietiefe Reifenspuren in ein Gemisch aus Matsch und Stroh eingegraben hatten. Der weiche Boden gluckste und dampfte, und warmfeuchte Luft zog nach oben um unsere Knöchel. Es lag eine tiefe Ruhe über dieser Landschaft.

Wir fuhren einige Stunden an aufgeschwemmten, sattgrünen Reisfeldern und Bauminseln mit bunten Pflanzen vorbei, die in konspirativen Gruppen in der sonst so flachen Ebene standen. Ab und zu kündigten Hecken oder Lehmmauern vereinzelte Bauernhäuser an.

Dann kamen wir durch einige Dörfer, die nur aus winzigen, verbeulten Lehmhäusern bestanden, an deren Rand jeweils ein monströses Volkszentrum gebaut worden war. Dessen schrillbunte sowjetische Wandmalereien und die obligatorische kommunistische Flagge, die unerreicht hoch über dem Eingang flatterte, erinnerten mich an Baumärkte an brandenburgischen Autobahnauffahrten, immer mit der Verheißung winkend, auch im wirtschaftlichen Nichts alles für den Aufbau zu finden. Auf den abgetretenen Rasenflächen davor hämmerten Kinder Bälle auf Eisenstangenskelette. Daneben grasten friedlich ein paar Schafe. Nur selten waren Erwachsene zu sehen.

Emil schien sich zu entspannen, weil keine Laster mehr donnerten, und er turnte im Fahren auf seinem Sitz herum, streckte die Beine und ließ die Sonne durch das Dreieck scheinen, das sein Schritt mit dem Ledersitz formte. Er sprang in eine Hocke auf die Sitzfläche und balancierte das schwankende Motorrad durch großzügige Bewegungen mit seinem Hintern aus. Er ließ sich zurückfallen und streckte die Beine nach links und rechts. Sein

Feinrippunterhemd gab dabei eine deutliche Sicht auf das Spiel seiner Schulter- und Nackenmuskulatur frei.

Die Journalistin fragte mich, wie ich mich fühlte. Ich tat so, als hätte ich sie nicht gehört. Ich konnte ihr sowieso nichts sagen. Emil drehte sich um und winkte, und wieder spürte ich, dass sie zurückwinkte.

Wir tankten bei einem Holzhaus mit der Aufschrift »Moto«, vor dem ein Glaszylinder mit einer roten Flüssigkeit stand, die manuell in unsere Motorräder gepumpt wurde. Ein schweigender Mann übernahm das Pumpen. Seine Zigarette hing ihm aus dem rechten Mundwinkel, und während er an dem Glaszylinder lehnte und pumpte, fiel regelmäßig Asche auf die Hand, die die Pumpe bediente. Ein paar Häuser weiter war die Flüssigkeit in einem ebensolchen Zylinder blau.

Dann kamen wir an einen Fluss. An einer Stelle lagen ein Kahn und ein Seil, das über den Fluss gespannt war. In der Karte war das als Brücke eingezeichnet gewesen. Emils Bemühungen, das Seil von Nahem mit Kennerblick zu prüfen, waren lächerlich überflüssig, aber für einen selbsterklärten Mann der Tat wie ihn wohl trotzdem in nachvollziehbarem Maße notwendig. Wie erwartet kam auch er zu dem Schluss, dass weder Kahn noch Seil uns halten würden. Wir setzten uns rittlings auf unsere Motorräder und warteten. Nach ein paar Stunden kam zufällig ein Mann, der zwei Wasserbüffel vor sich hertrieb, vorbei und sagte uns, dass es etwas weiter den Fluss entlang eine Brücke für Motorräder gebe. Wir fuhren also weiter und fanden die Brücke, ein paar aufeinandergestapelte Holzbalken über einem fast ausgetrockneten Flussbett. Die Journalistin stieg ab und lief vor, und Emil und ich steuerten die Räder vorsichtig über die Balken. Ich spürte, wie das Holz unter uns nachgab. Mir war es egal. Es wäre nur für die Bauern der Gegend zu einem Problem geworden, wenn die Brücke plötzlich eingestürzt wäre.

Auf der anderen Seite schaute uns die Journalistin verunsichert entgegen. Hinter ihrem Rücken sahen wir eine uralte Frau mit Pergamenthaut in einem Bretterverschlag sitzen. Sie streckte der Journalistin die Hand entgegen und lachte sich kaputt über uns. Am Eingang des Verschlags hing eine handgeschriebene Liste über die Höhe des Brückenzolls, abhängig von Anzahl und Form der Überquerung. Emil gab der Frau Geld, und sie lachte so sehr, dass sie sich kaum halten konnte. Der ausgestreckte Arm schlug hin und her, und die feingliedrige Hand an seinem Ende zitterte, die Münzen darin klirrten, erst leicht, dann hektisch, und irgendwann dröhnten sie wie Glockenschläge in meinen Ohren. Die Frau lachte und lachte und sah dabei nur mich an. Emil und die Journalistin lachten verlegen mit. Dann fuhren wir weiter.

Nach der Brücke waren es nur noch Feldwege, an denen niedrige, blühende Bäume standen, und dahinter Reisfelder, in denen Wasserbüffel wateten. Zwischen den Bäumen standen Strommasten, an denen Lautsprecher knackten, durch die morgens und abends die Propaganda ins Nichts schallte. Jetzt summten sie träge vor sich hin. In der Ferne wurden kegelige Felsen sichtbar, von flauschigem, grünen Schimmel überzogen. Ich wurde plötzlich unendlich müde. Ich wollte nicht hier sein. Aber ich wusste auch nicht, wo ich sonst sein wollte. Also war hier vielleicht doch am besten. Aber dann wollte ich es erst recht nicht mehr. Die Journalistin atmete tief ein und sagte, es rieche wunderbar hier. Das war mir nicht aufgefallen, und ich klappte mein Visier herunter und fing an zu weinen. Lautlos, damit sie es nicht merkte.

Was mir an Vietnam bisher am meisten gefällt: Gerüche. In Hanoi roch es schon gut, einsetzende Milchblüte, Gewürze, offenes Holzfeuer. Auf dem Land riecht es noch mehr nach Sommer, frisches Gras, warmes Holz, feuchte Erde, Sonne auf Beton. Am Straßenrand explodieren Blumen, und langsam kommen wir grünen, kugeligen Bergen näher, die die Landschaft rund und sanft aussehen lassen.

An einem Haus unten am Flussufer, vor dem mehrere Frauen und Kinder saßen, hielt Emil an und schnallte den Karton mit der Fritteuse ab. Er ging auf die Gruppe zu und redete kurz mit der Ältesten auf Vietnamesisch, während die Kinder interessiert den Karton begutachteten, der von der Fahrt schon deutlich abgenutzt und völlig deplatziert in der beeindruckenden Landschaft stand. Dann winkte uns Emil heran. Offensichtlich konnten die Frauen uns zu der Parfüm-Pagode bringen, die irgendwo zwischen den schimmeligen Bergen lag und nur übers Wasser und ein kompliziertes Kanalsystem zu erreichen war. Die Älteste führte uns hinter das Haus und deutete auf einen eckigen, niedrigen Kahn, der zur Hälfte auf dem Trockenen lag, zur Hälfte auf dem stillen, gelbbraunen Fluss dümpelte. Emil gab ihr das Geld, auf das sie sich für die Rundfahrt geeinigt hatten, und zwei jüngere Frauen schoben den Kahn gänzlich ins Wasser. Es knarrte unangenehm, und Holz splitterte ab. Sie halfen uns einzusteigen und begannen langsam zu rudern.

Der Fluss war brackig und man wusste nicht, wo die Reisfelder anfingen und wo das Wasser tiefer wurde. An einigen Stellen standen Bäume im Fluss, an anderen stachen Steinblöcke aus dem Wasser, die wie Grabmäler aussahen. Sie standen schief, waren von Wasser zerfressen und mit Moos überwachsen, aber man erkannte noch deutlich eingehauene Schriftzeichen und Verzierungen. Wie sollte hier jemand begraben werden? Es hätte mich nicht gewundert, wenn eine Wasserleiche neben uns aufgetaucht wäre. Ab und zu sah man kleine Inseln, auf denen verlassene Holzhäuschen verwesten und von denen Vögel aufstoben. Die Hitze flimmerte über dem Wasser, und die trübe Brühe reflektierte die Sonnenstrahlen. Es roch nach Erde und unserem Schweiß. Kein Ton war zu hören außer das konstante Summen der Mücken.

Emil zog sein T-Shirt aus und ließ sich über den Rand des Kahns gleiten. Kannst du schwimmen?, fragte ihn die eine Bootsführerin in gebrochenem Englisch. Sie deutete auf ihre Begleiterin: Die kann nicht schwimmen. Ich auch nicht. Danach sagte sie nichts mehr. Emil schwamm neben dem Kahn her, und die Journalistin steckte die Hand ins Wasser. Fühl mal, sagte sie zu mir. Das ist doch lauwarm, keine Abkühlung! Ich fühlte nichts. Emil schwamm zwei Züge und verzog das

Gesicht. Stimmt, sagte er. Lehnt euch mal rüber. Und er zog sich wieder in den Kahn, der glucksend Wellen schlug. Die Bootsführerinnen klammerten sich an den Rudern fest und quittierten den Schlamm, den Emil mit ins Boot trug, mit vorwurfsvollen Blicken, waren aber zu höflich, um ihn zurechtzuweisen. Emil bemerkte es nicht. Er lachte, das hatte sich nicht gelohnt. Er streifte sich sein T-Shirt über den nassen Oberkörper, und als es trocknete, zeichneten sich gelbe Wasserränder auf der dünnen Baumwolle ab. Wir dümpelten an ein paar Seerosen vorbei, und mit einem immer noch genervten Blick fischte die eine Bootsführerin drei von ihnen heraus und begann, ihre Stiele an einigen Stellen anzuritzen. Dann zog sie die Haut so ab, dass sie wie eine Kette zwischen den Stielgliedern wirkte, an deren Ende eine Seerosenknospe hing. Sie hängte uns je eine Kette um den Hals. Offensichtlich war das im Preis inbegriffen. Wortlos ließ sie sich wieder neben ihre Kollegin plumpsen und ruderte weiter.

Schon bald hatten wir in dem dichten Netz aus Flüssen und Tümpeln die Orientierung verloren. Nur die Form der Kegelberge, zwischen denen wir nun fuhren, ließ uns ungefähr erahnen, aus welcher Richtung wir gekommen waren. Im Nähergleiten sahen wir, dass die Berge von niedrigen, dunkelgrünen Bäumchen und Büschen bewachsen waren und hier und da der blanke Felsen hervorblitzte. In ihren Schatten war es angenehm kühl.

Als wir zu einer breiten, sandsteinfarbenen Steintreppe kamen, die aus den Tiefen des Wassers am Ufer emporstieg, legten die Bootsführerinnen den Kahn an. Er schlug seicht gegen die unterste Stufe, die von den Jahren, von Wasser und Moos zerfressen war. Links und rechts der Treppe saßen zwei Drachen auf verzierten Sockeln, die mitten im stummen Schrei angewurzelt verharrten und mit aufgerissenen Augen in die Luft starrten. Auf dem Weg, der von der Treppe wegführte, spielte eine junge Frau mit einem kleinen Kind, das in Windeln fröhlich über den warmen gepflasterten Boden taumelte. Ein Mann, der vorher neben dem Kind gesessen und geraucht hatte, kam zu uns und zog den Kahn auf die unterste Stufe. Sonst war niemand zu sehen. Er half uns, aus dem Boot zu steigen, und deutete auf den Pfad vor uns, der zunächst durch ein großes Holztor führte, hinter dem ein Vorplatz und die Mauern eines Tempels zu sehen waren. Der Mann fing unsere Blicke, die auf die Szenerie abgeglitten waren, wieder mit den Augen ein, schwenkte seinen Arm um einen imaginären Tempel und über den dahinterliegenden Berg, senkte ihn durch das voraussichtlich folgende Tal und trippelte mit Mittel- und Zeigefinger eine unsichtbare Treppe auf der anderen Seite des Tals hinauf. Dann stieß er den Zeigefinger nach vorn, und wir trotteten los. Die Bootsführerinnen blieben auf der Treppe sitzen und bedeuteten uns, dass sie dort auf uns warten würden.

Emil schulterte die Fritteuse, und als wir durch das Holztor schritten, fragte ich mich, wer von uns am Ende den Kaufpreis erhalten würde. Das Holztor war mit kunstvollen Schnitzereien verziert, mir unbekannte, aber wahrscheinlich chinesische Schriftzeichen, um die sich eine Vielzahl unterschiedlicher Blumen und Drachen wanden. An einigen Stellen war das Holz bereits abgesplittert, an anderen zeigten sich Risse, dieses Tor musste sehr alt sein. Der Tempel an sich war gelb verputzt und hatte ein spitzes Dach aus rot glasierten Ziegeln, auf dessen Giebel sich ein weiterer Drache entlangschlängelte. In seiner Mitte war ein kleines Bassin mit sauberem Wasser eingelassen, auf dem vier Seerosen schwammen. Ansonsten war er unverschnörkelt. Die Journalistin schoss von jedem Stein Fotos.

Am Nachmittag auf Emils Anregung hin zur Parfüm-Pagode gefahren. Ein ganzer Komplex von buddhistischen Tempeln, der seit ca. dem 15. Jahrhundert besteht. Auch heute scheint es noch ein beliebter Pilgerort zu sein, was bei mir Frage nach Rolle von Religion in Vietnam aufwirft: Für ein sozialistisches Land scheint sie hier eine vergleichsweise große Rolle zu spielen (z.B. haben fast alle Vietnames*innen, bei denen ich bisher war, einen Ahnenschrein zuhause), allerdings vor allem im Alltag in Form von z.B. Ahnenverehrung und traditionellen religiösen Riten, aber nicht in Form einer Mitgliedschaft in einer institutionalisierten Religionsgemeinschaft (mehr als 70 Prozent identifizieren sich als nicht-religiös).

Vietnamesische Regierung, offiziell atheistisch, lässt das zu und in vergangenen Jahren scheint Mitgliedschaft in institutionalisierten Religionsgemeinschaften graduell zugenommen zu haben (offizielle Statistiken aber nicht eindeutig, bessere Quellen?). Ein Phänomen wie z.B. in den ehemaligen Ländern der Sowjetunion? Aber dort gibt es keine kommunistischen Parteien mehr, keinen Sozialismus, an den geglaubt werden kann; hier schon.

Vielleicht nicht wegen Fehlen eines kommunistischen Wirtschaftssystems, sondern Einsetzung eines kapitalistischen?

All das sind Fragen, die sich meine Mitreisenden nicht zu stellen scheinen. Emil reagiert nur mit „Aber ist doch schön", als ich das anspreche.

Hinter dem Tempel führte ein schmaler, lehmiger Pfad in Serpentinen den Berg hinauf. Die graugrünen Bäume links und rechts des Pfades standen sich schulterbreit gegenüber, waren mit Moos bedeckt und kaum größer als wir. Der feuchte Boden dampfte und ebenso unsere Haut. Die Seerosenknospen unserer Blumenketten schlugen uns bei jedem Schritt gegen die Bäuche. Zum ersten Mal seit Monaten hatte ich Hunger. Die Journalistin knipste weiter unaufhörlich Fotos, und ich starrte nur auf den grauen Pfad vor mir, der bei jedem Schritt für einen Sekundenbruchteil unsere Füße festhielt und dann, wenn er sie losließ, genüsslich schmatzte.

Wieso sind wir hier?, fragte ich Emil. An der kurzen Anspannung seines Nackens las ich Erstaunen, meine Stimme zu hören, und fast erleichtert sagte er: Wegen der Parfüm-Pagode. Ja, aber was ist so besonders daran, dass wir da hin müssen? Wir sollten doch nur die Fritteuse liefern. Emil drehte sich um und schaute erst auf mich, dann auf die Journalistin hinter mir. Man sah ihm an, dass er wenig Lust auf dieses Gespräch hatte. Man muss das gesehen haben. Es ist eine alte, schöne Pagode, sagte er. Warum?, fragte ich, und da drehte er sich um und stapfte verbissen schweigend weiter. Der Karton, den er jetzt mit zwei Fingern an der roten Kordel trug, schlug ihm gegen das Bein. Ich spürte einen schweren Kloß in meinem Hals und einen Druck auf meinen Schläfen. Ich hatte diese Ablehnung nicht erwartet, ich hatte nur eine Frage gestellt.

Und dann kamen wir in das Tal. Eigentlich standen wir zuerst auf dem Bergkamm und sahen das Tal. Es war nicht lehmig und moosig-graugrün, sondern leuchtete aus seinem tiefsten Innern. Hellgrüne Gräser und Blumen. Es war ziemlich atemberaubend. Zumindest Emil sagte, dass es ziemlich atemberaubend sei. Die Journalistin stimmte ihm zu. Ich roch Heu und Gras und Wärme. Wir gingen den satten Hang hinunter, der Pfad hier war weniger lehmig und die Bäume und blühenden Büsche grüner und weicher als zuvor. Die Journalistin sagte, dass sie ein Foto von uns machen wolle. Emil legte den Arm um meine Schulter, drückte mich an sich und grinste in die Kamera. Er ließ seinen Arm, wo er war, als wir uns umdrehten und schweigend weitergingen. Ich traute mich nicht, den Kopf an seine Schulter zu legen und zu weinen, aber es war trotzdem gut.

Als wir durch die Talsohle auf die gegenüberliegende Seite gegangen waren, durch Schilf und Bambus, der uns über den Kopf wuchs und uns warm umarmte, kamen wir wieder an eine Treppe, die den Hang hinaufführte. Oben war ein kleiner, ein sehr kleiner grauer Tempel mit einem Mönch. Der Mönch sprach fließend Englisch und war sehr freundlich. Es stellte sich heraus, dass das nicht die Parfüm-Pagode war. Es gab viele Pagoden in diesem Gebiet, alle nur über Wasser erreichbar, ein riesiges Netz aus Tempeln. Eine davon war die Parfüm-Pagode, aber diese war es nicht. Es war ruhig, fast friedlich, schattig, und aus dem Tal hörte man Vögel.

Nachmittag schöner als gedacht, Umgebung ist atemberaubend und scheint alle zu entspannen, die beiden wechseln ein paar Worte, wir lachen mal zusammen. Hoffnung, dass sie langsam zugänglicher werden.

Auf dem Rückweg schwiegen wir, während sich langsam ein goldener Sonnenuntergang über Berg und Tal legte. Die Bootsführerinnen saßen, wie wir sie verlassen hatten. Als sie uns sahen, schoben sie den Kahn mechanisch ins Wasser, setzten sich hinein, warteten, bis wir

Platz genommen hatten, und ruderten los. Das alles geschah in tiefer Ruhe.

Kurz bevor wir mit dem Kahn wieder bei dem Haus anlegten, bremsten die beiden Bootsführerinnen das Boot und zogen die Ruder ein. Der Anlegepunkt war trotz der Dämmerung schon zu sehen, wir waren vielleicht zehn Ruderminuten entfernt. Das Abendrot schimmerte auf der schwappenden Brühe, und vom Ufer her zirpte es lauter als am Nachmittag. Eine der beiden forderte mehr Geld. Die andere starrte gedankenverloren auf den Fluss. Emil wurde wütend und wechselte in sein rudimentäres Vietnamesisch, wohl um mehr Eindruck zu machen. Aber die Wortführerin ging nicht darauf ein. Mit ruhiger, leiser Stimme wiederholte sie auf Englisch ihre Forderung. Sie sagte, sie würden uns sonst nicht zurückfahren. Es war eine Drohung, aber es hörte sich nicht wie eine an. Die leise Spur von niedergeschlagener Verzweiflung in ihrer Stimme ließ erahnen, dass es hier nicht darum ging, sich zu bereichern, sondern darum, zumindest essentielle Grundbedürfnisse erfüllen zu können. Die andere hatte den Blick abgewandt. Wir haben schon genug bezahlt dafür, dass das nicht die Parfüm-Pagode war, brauste Emil. Je lauter er wurde, desto ruhiger schienen die beiden zu werden. Fahrt uns jetzt zurück! Die Wortführerin sagte nichts und betrachtete ihn nur. Die Dämmerung legte sich über uns. Das Wasser wurde orangerot, und aus dem Zwitschern und Zirpen wurde nur noch ein träges Rascheln von Gräsern und das friedliche Glucksen des Wassers. Das beruhigte mich sehr. Die Wortführerin betrachtete die Journalistin, die verwirrt von einem zur anderen blickte und dem tobenden Emil die Hand auf den Arm gelegt hatte. Und dann senkte sich ihr Blick still auf mich. Ihre braunen Augen wurden groß und tief und noch größer, bis sich die beiden inneren Augenwinkel über der Nase trafen und ineinander verschmolzen. Sie verschmolzen zu einem riesigen, tieftraurigen Auge, das bald das ganze Gesicht einnahm und mich unverwandt anblickte. Ich fiel hinein. Ich fiel in ein Meer der Verzweiflung, gekrönt von Wellen der Apathie, die über die Oberfläche rollten. Ich schnappte nach Luft, ich spürte den kaltfeuchten Atem in meinem Brustkorb. Ich verstand die beiden irgendwie. Wer wusste, wie viel ihnen die Alte von unserem Geld geben würde? Dann drehte die Journalistin sich wieder zu mir, sah mich unverändert an, aber ihre Augen waren jetzt normal, braun und immer noch traurig. Ich ertrug diese Form von Aufmerksamkeit plötzlich nicht mehr, ich ertrug es nicht, dass sie sah, dass ich das schwache Glied war, und ich ertrug es nicht, dass ich jetzt auch irgendeine Rolle spielen musste, nachdem die anderen beiden ihre bereits ausgefüllt hatten. Wir sind mehr, und ihr könnt nicht schwimmen, sagte ich. Auch die andere sah mich jetzt an. Für eine Weile saßen wir alle stumm im Kahn. Dann nahmen sie das Rudern wieder auf und brachten uns zum Anleger. Wir stiegen auf unsere Motorräder und fuhren unter den Beschimpfungen der Gruppe davon.

Als wir zurückfahren, fordern die beiden Bootsführerinnen, die uns zur Pagode gebracht haben, mehr Geld und weigern sich andernfalls, zurückzufahren.

Situation unangenehm, aber empfinde sie nicht als gefährlich. Daher überrascht mich die unmittelbar heftige Reaktion meiner Mitreisenden, die schnell mit physischer Gewalt drohen, fast reflexhaft. Hätten sie in Deutschland auch so reagiert? Glaube, selbst in Hanoi hätten sie einfach mehr bezahlt, das „Problem" mit – für sie ja vergleichsweise wenig – Geld gelöst. Fühlen sie sich hier überlegener?

Die Armutsquote in Vietnam ist in den vergangenen Jahrzehnten rapide zurückgegangen, aber die Armut auf dem Land ist bisweilen dreimal so hoch wie in städti-

schen Gebieten; innerhalb dieser Gruppe sind Frauen und Kinder nochmal besonders betroffen. Wir sind zwar nur ein paar Fahrstunden von Hanoi entfernt, aber dass es ein ökonomisches Gefälle gibt, ist offensichtlich. Selbst wenn sie derzeit aus persönlichen Gründen mit sich selbst beschäftigt wären, das können sie nicht übersehen.

Frage mich kurz, ob ich eingreifen soll, aber entscheide mich schlussendlich dagegen, möchte das Geschehene journalistisch dokumentieren, nicht lenken. Aber es fällt mir schwer, meine Wut zu unterdrücken. Werde das im Nachgang ansprechen.

Danach wieder Schweigen.

Fünf Minuten später blieben unsere Motorräder mitten auf der Landstraße stehen. Jemand hatte unser Benzin aus den Tanks gezogen, während die Räder an der Anlegestelle parkten. Wir schoben die Roller die inzwischen dunkelblaue Landstraße entlang, bis wir zu einem Straßendorf kamen. Die Gebäude hoben sich wie eine pappige Filmkulisse links und rechts der Straße gegen den Nachthimmel ab und beleuchteten jeweils nur einen kleinen runden Fleck ihres Vorplatzes mit insektenumkreisten Neonröhren. Unter einigen dieser Röhren saßen Familien beisammen und aßen zu Abend. Wir schoben die Motorräder zu einem Haus mit einer provisorischen Tanksäule davor und ließen auftanken. Der Mann, der an der Zapfsäule stand und die diesmal grüne Flüssigkeit pumpte, lachte uns an und fragte, wohin wir noch fahren. Emil übersetzte die Frage. Ich wusste es nicht, und auch nicht, ob und wo wir übernachteten. Es stellte sich heraus, dass die anderen beiden das auch nicht wussten. Emil hatte geplant, noch in der Nacht beim Basislager anzukommen. Das schaffen wir, sagte er. Der Mann lachte nur und schenkte uns drei Wasserflaschen, die er unter unseren Sitzen verstaute. Von weitem sah seine Familie zu. Sein kleines Kind stand im weißen Lichtkegel und hielt sich am Knie der Mutter fest, die auf einem Plastikschemel saß. Der Mann rief ihr zu, dass wir Verrückte seien, die heute Nacht noch zum Nationalpark wollten, aber nette Verrückte. Da lachte auch die Frau und winkte. Das Kind schaute skeptisch und schob sich einen Finger in den Mund. Wir setzten uns auf die Räder, und ich deutete dem Kind, heranzukommen. Die Mutter gab ihm einen leichten Stoß aus dem Lichtfleck, und es wankte durch das Dunkel auf uns zu. Als es vor uns stand, nahm sein Vater es auf den Arm, und es tätschelte ihm mit seinen kleinen Händen ins Gesicht. Ich nahm meine Seerosenkette vom Hals und hängte sie dem Kind um. Es sah mich kurz verdutzt an, und für einen Moment schien es zu überlegen, ob es anfangen sollte zu weinen, aber dann jauchzte es und klatschte in die Hände. Der Vater gab Emil letzte Instruktionen für die Weiterfahrt, und das Kind klopfte währenddessen auf meinem Helm herum. Als wir losfuhren, zeigte ihm sein Vater, wie man winkt. Ich sah sie im Rückspiegel immer kleiner werden und schließlich ganz in der Dunkelheit verschwinden und dachte zum ersten Mal nicht mehr ans Weinen. Emil bemerkte, dass er einen Hautausschlag bekam und vermutete als Ursache sein Bad im Fluss vor der Parfüm-Pagode, die keine war.

Das Fahren durch die Dunkelheit war anstrengend. Nachdem wir das Straßendorf mit seinen Neonröhren hinter uns gelassen hatten, sah man nur sehr selten Häuser, und die Straße vor uns bestand nur aus dem blassgelben Lichtkegel der Motorradlampe, dem wir folgten, ohne ihn je zu erreichen. Wir waren von der Dunkelheit verschluckt, nur das Röhren unserer Motoren und die Scheinwerfer zeugten von unserer Existenz. Oder vielmehr von der unserer Motorräder. Wir schwiegen. Ab und zu rief Emil von vorn, wenn sein Lichtkegel einen großen Stein eingefangen hatte.

Die Straße wurde zur Piste. Emil fuhr jetzt neben mir und zu dem Schweigen gesellte sich Anspannung. Dass er auch nicht wirklich weiterwusste, beruhigte mich auf eine Art. Wir kamen an ein paar Häusern vorbei, aber sie waren kaum beleuchtet. Nur die Umrisse von Dächern oder Mauern ließen sie erahnen. Kurz nachdem wir wieder einige hinter uns gelassen hatten, trat plötzlich ein Mann vom Straßenrand in meinen Lichtkegel, schleuderte eine riesige Schlange auf den Asphalt und drosch mit einem Stock stumm auf sie ein. Ich hörte die Journalistin kreischen und schwenkte aus, ich hörte Emil erst stöhnen, dann fluchen, als er mir auswich, und setzte einen Fuß auf den Boden, um die Kontrolle über das Motorrad wiederzuerlangen. Kaum hatte ich meinen Lichtkegel verrissen, war der Mann verschwunden. Für ein paar Sekunden war es totenstill. Dann hörte ich Emil ein paar Meter vor mir scharf bremsen. Das rote Bremslicht flackerte kurz auf, erlosch dann, und Sekunden später stand er neben uns und schimpfte. Ich hörte nicht auf das, was er sagte und spähte in die Dunkelheit hinter mir. Man konnte niemanden sehen. Nur leise Schritte hören, die unbeeindruckt davonschlurften. Emils Augen flackerten mich durch die Dunkelheit an: Was sollte das?! Ich deutete stumm ins Dunkel. Da war nichts, sagte Emil und sah mich fassungslos an. Die Journalistin atmete mir schwer in den Nacken. Ich hatte das erste Mal das Gefühl, ihn nicht überzeugen und mich nicht rechtfertigen zu müssen. Ich hatte einen Mann mit einer Schlange gesehen, er nicht. Es stand Aussage gegen Aussage. Damit war das Gespräch beendet.

Emil hatte trotzdem geschimpft, dass es jetzt reiche, und entschieden, einfach irgendwo zu übernachten. Wir hätten sowieso nicht erkannt, ob wir bereits im Dschungel waren oder noch nicht. Man sah nicht einmal Sterne. Wir fuhren im Schneckentempo. Die Journalistin wimmerte unter ihrem Helm. Aus irgendeinem Grund hatte sie sich das Visier runtergezogen. Meines stand offen, und ich sog mit weit geöffneten Nasenflügeln die Nachtluft ein. Sie war angenehm kühl.

Als wir zu einem dunklen Haus kamen, vor dem eine alte Gaslampe summte, hörte ich die Journalistin jämmerlich seufzen. Wieder flackerte Emils Bremslicht rot und erlosch kurz darauf in der Dunkelheit. In meinem schummrigen Lichtkegel sah ich ihn von dem langen Schatten seines Motorrads steigen und es unter der mit Spinnennetzen verklebten Lampe abstellen. Ich schaltete meinen Motor aus, und sofort legte sich die schwere Decke nächtlicher Stille über uns. Die Journalistin blieb auf dem Motorrad sitzen. Emil wirkte im Licht der Gasfunzel schmächtig. Er warf keinen Schatten. Er stand dort ganz allein. Dann trat er mit dem rechten Fuß dreimal gegen das dunkle Tor, und als er vor dem heftigen

Tritt selbst erschrak, tat er mir leid. Von dem Tor splitterte etwas Farbe ab. Darunter blitzte helles Holz hervor. Fast übergangslos öffnete sich das Tor lautlos einen Spalt, und aus der dahinter liegenden schwarzen Leere sprach eine Stimme auf Vietnamesisch. Emil beugte sich vorsichtig vor, antwortete und sagte dann zu uns, wir könnten bei der Familie übernachten. Die Fritteuse hielt er so fest umklammert, dass die Haut um seine Knöchel fahl wurde. Das Tor ging weit auf, und wir schoben die Motorräder in einen nachtschwarzen Innenhof, in dem sich lediglich die Umrisse monströser Geisterpflanzen gegen den verhangenen Himmel abhoben. Rechts von uns lag eine hölzerne Terrasse, die von einer Neonröhre beleuchtet wurde und von der aus eine mit Fliegengitter bezogene Plastiktür in das Haus führte. Als wir näher kamen, regte sich etwas hinter dieser Tür. Die Person, die uns eingelassen hatte, trat aus der Dunkelheit auf die Terrasse und wurde im grellen Neonlicht als junger Mann erkennbar. Er beachtete uns nicht weiter, sondern nickte in Richtung der Tür, und als er an sie herantrat und sie aufdrückte, stand dahinter eine junge Frau mit einem kleinen Kind auf dem Arm, das beherzt an seiner Faust nuckelte und uns mit großen, wachen Augen ansah. Der Flur war unbeleuchtet, und wir konnten nichts erkennen, aber der junge Mann führte uns, dicht gefolgt von Frau und Kind, in die erste Etage des Hauses in ein

Zimmer mit zwei Holzbetten, verschwand und kam kurz darauf mit Decken und Handtüchern wieder, nickte und zog die Tür von außen zu.

Das Zimmer war, bis auf die Betten, eine nackte Glühbirne und einen Kleiderständer, kahl. Die Wände waren hellgelb und hellrosa gestrichen, und ein Fenster mit Fliegengitter ließ sanfte Nachtluft ein. Emil sprang auf eines der Betten und machte vor Erleichterung einen Handstand. Dann knuffte er mich versöhnlich in die Seite. Ich belohnte ihn mit einem abschätzigen Lächeln. Die Journalistin rollte sich stumm auf das andere Bett und starrte die hellrosa Wand an. Ich schlief so gut wie seit Monaten nicht mehr.

Am nächsten Morgen frühstückten wir kurz mit der Familie und schoben dann unsere Motorräder langsam vom Hof zurück auf die Straße. Bevor wir losfuhren, drehte ich mich noch einmal um. Ich sah den üppigen Garten, eine kleine gelbe Mauer, aber das Haus war verschwunden.

Die Straße war ein Band, das sich unbeeindruckt von der wechselnden Landschaft durch das Land schlängelte. Wir fuhren und fuhren, manchmal wurde es um uns herum grüner, manchmal gelber, manchmal kamen wir an Wasserbüffeln und Reisfeldern vorbei, aber die Straße blieb dieselbe, grau und lang, und wir folgten ihr schweigend.

Fahrt ist anstrengend.
Fühle mich nicht wohl.

Das Schlimmste in diesen Tagen war die Angst. Die Angst, nicht anzukommen. Die Angst, nicht wieder zurückzukommen. Die Angst, wieder zurückzugehen. Die Angst war weiße Fingerknöchel am Lenker und eine zerfetzte Unterlippe. Sie war das Gefühl, dass die Traurigkeit mit jedem erschütternden Schlagloch überschwappen würde, und sie war das verzweifelt tiefe Einatmen durch eine zugeschnürte Kehle in kaltem Brustkorb. Sie drückte mehr auf die Schläfen als der Helm und machte alles grau, schlimmer als der Straßenstaub. Es waren kurze Momente, in denen das Grün des herannahenden Dschungels links und rechts der Straße wirklich grün war, einfach nur grün, und lange Stunden, in denen es nur die graue Straße gab und das, was von mir übrig war. Emil und die Journalistin hatten entweder ihre eigenen Gedanken oder einen Pakt oder aufgegeben, auf jeden Fall verzichteten sie auf Interaktion. Wenn wir hielten und aßen, bestellte Emil für alle, und wenn wir fuhren, hustete die Journalistin kurz, sobald der Abstand zu

Emils Rücklicht und der Fritteuse zu groß wurde. Nur einmal versuchte Emil noch, die Moral zu heben. Da saßen wir am Straßenrand auf niedrigen Bambushockern, neben der kleinen Hütte quollen bereits Palmen und Sträucher hervor, und wir tranken Chà đá. Der Besitzer hatte gerade versucht, uns einen ganzen Vogel zu verkaufen, der in einer Cola-Dose gegart worden war, aus der die verschmorten Füße hinausschauten. Emil fühlte sich durch eine in Sekundenbruchteilen aufkeimende Heiterkeit ermutigt, unsere Begeisterung dafür, Kilometer um Kilometer in Richtung Dschungel zu reisen, mit einer Geschichte erneut zu entfachen. Der Einsiedler habe einmal eine Gruppe junger Doktorand*innen aus Deutschland mit in den Dschungel genommen. Als sie zurück ins Basislager kamen, bemerkten sie, dass einer fehlte. Der Einsiedler stellte einen Suchtrupp zusammen und wies seine Leute an, bis zum Einbruch der Dunkelheit zu suchen, aber nur bis dahin, denn auf keinen Fall dürften die Affen im Schlaf gestört werden. Bei Einbruch der Dunkelheit kehrten die Helfenden mit leeren Händen ins Camp zurück. Der Einsiedler blieb trotz Bitte nach Fortsetzung der Suche mit Verweis auf den Affenschlaf stur. Am nächsten Tag ging die Suche weiter, und der Doktorand wurde in einer Felsspalte eingeklemmt gefunden, woraufhin ihm der Einsiedler mit grimmiger Genugtuung eigenhändig das Bein amputierte und ihn anschließend nach Hause schickte. Ich war mir unschlüssig, ob Emil von uns Zustimmung angesichts solcher Tierliebe oder Vorfreude auf baldiges Abenteuer erwartete, als er das Ende der Geschichte triumphierend über dem Bambustischchen schweben ließ. Ich wusste nicht mal, ob Affen nachts schlafen.

Und dann wurde die Straße vor uns immer mehr zu einer Piste, an der links und rechts große Baufahrzeuge die Landstraße erweiterten. Sie bewegten sich langsam, als ob es wenig gäbe, das ihnen Widerstand leisten konnte, wie eine Horde großer Dinosaurier. Unsere Reifen rutschten auf dem losen Schotter. Unseren Bemühungen, die Fahrzeuge unter Kontrolle zu halten, sahen die Bauarbeiter mit ihren weißen Mundschutzen regungslos zu. Als Emil anhielt und einen nach der nächsten Stadt fragte, zeigte er geradeaus die Piste hinauf.

Es stellte sich heraus, dass diese Stadt eher ein vorübergehendes Camp für die Bauarbeiter war, graue Häuser aus nacktem Beton, die innerhalb weniger Wochen aus dem Boden gestampft worden waren. Emil hatte gesagt, der Nationalpark könne nicht mehr weit sein und wir würden hier nur Wasser und Benzin tanken, aber dann luden die Bauarbeiter uns zum Essen ein: Auf dem staubigen Vorplatz des Haupthauses, der sich kaum vom

Schotter der Piste unterschied, hatten einige Männer einen großen Tisch mit reich gefüllten Tellern darauf aufgebaut, aßen und tranken Bier, lachten und bestanden darauf, dass wir uns zu ihnen setzten. Angesichts ihrer blank geputzten Helme und gebügelten, weißen Hemden konnte es sich hierbei nur um die Vorarbeiter handeln, die selten mit dem wirklichen Baustellenstaub in Berührung kamen. Sie versuchten, mit uns auf Englisch zu kommunizieren, und lachten sich bei jedem Versuch gegenseitig aus. Als Emil Vietnamesisch sprach, zeigten sie sich beeindruckt. Die Stimmung war ausgelassen. Sie erzählten begeistert von ihrer Arbeit, von den Orten in ganz Vietnam, an denen sie in den letzten Jahren gebaut hatten, dem höchsten Gebäude Vietnams oder dem Hanoier Flughafen, der in kürzester Zeit erweitert worden war. Als sie uns fragten, konnte keine*r von uns mit ähnlichem Elan über das berichten, was wir im Leben taten.

Nach dem Essen schnitt einer von ihnen eine Durianfrucht auf, pulte das schmierige Fruchtfleisch aus den Kammern und reichte jedem von uns ein Stück. Ein schwefeliger Geruch breitete sich rasend schnell aus, und das gelbe Fleisch quetschte sich glitschig zwischen den Fingern hervor. Emil erklärte, dass er sich sehr geehrt fühle, aber diese Frucht leider nicht möge. Einer der Vorarbeiter sprach über Stellenwert und Preis der

Frucht, lutschte beherzt an seinem Stück und sah Emil auffordernd an. Emil legte seines vorsichtig zurück auf den Tisch und blickte betreten auf seine Zehenspitzen. Wir anderen aßen auf. Als wir uns verabschiedeten, ging einer der Vorarbeiter in die Küche, kam mit einem großen Glas Bier, dessen Inhalt leicht trüb war, wieder heraus, reichte es Emil und sagte, er wolle nochmal mit ihm anstoßen. Er hob sein Glas mit den Worten »Một trăm phần trăm«, die Feststellung, dass alles andere als ein nicht in einem Zug vollständig geleertes Glas eine Beleidigung für den Gastgeber bedeutete. Emil setzte an, stockte kurz, schloss dann die Augen, und unter dem johlenden Gelächter der Vorarbeiter trank er die Durian-Bier-Mischung vollständig aus. Den Rest des Tages fuhr er schweigend, während die Natur um uns immer sattgrüner wurde.

Bei einem Tankstopp werden wir von Bauarbeitern sehr herzlich zum Mittagessen eingeladen. Es gibt Bánh cuốn und Bún chả. Im Anschluss an das Essen bieten sie uns Durianfrucht an, hier eine teure Delikatesse, die aufgrund ihres schwefelartigen Geruchs u. Geschmacks aber von vielen, insbesondere europäischen Menschen als nicht genießbar empfunden wird.

Offensichtlich auch von Emil, denn er weigert sich strikt, die Frucht auch nur symbolisch zu essen. Daraufhin wird ihm Bier gereicht, das, wie sich beim Trinken herausstellt, mit Durian durchmischt ist.

Emil nimmt es sehr persönlich, scheint sich nur vorgeführt zu fühlen, anstatt zu sehen, dass sie eigentlich in erster Linie sehr gastfreundlich waren, uns zu einem besonderen Essen eingeladen haben. Schweigen, als ich das nach unserer Wegfahrt anspreche.

Und dann standen wir vor dem Basislager. Nachdem wir die Bauarbeiterstadt verlassen hatten, veränderte sich die Straße wieder. Sie war hier noch nicht erweitert worden und führte schmal und löchrig in ein immer dichter bewachsenes Gebiet. Das Gestrüpp wuchs über der Straße zu einem Dach zusammen, und darunter wurde es angenehm kühl und ruhig. In den Momenten, in denen wir hielten, um die Karte zu studieren, und die Motoren verstummten, hob ein Sausen und Brausen aus den Blättern an, Millionen Insekten kämpften um Aufmerksamkeit, Tausende Vögel unterhielten sich über unsere Köpfe hinweg, und Pflanzen raschelten gütig dazu. Es roch nach Erde. Nur ab und zu ließ die dichte Flora einen Sonnenstrahl hindurch, und dort, wo er den Asphalt erwärmte, saßen kleine Nagetiere, die auseinanderstoben, sobald wir näher kamen, oder Schlangen, die sich nicht stören ließen. Eine Kurve folgte auf die nächste, und wir erwarteten schon keinen anderen Anblick mehr als hohe, grüne Wände, als diese lebende Mauer plötzlich abbrach und in einen Vorhof überging, an dessen Ende eine kleine Gruppe von Häusern stand.

Die Häuser waren aus Holz und hellgelbem Plastik, standen auf Pfählen und hatten Terrassen vor den Eingangstüren. Eines von ihnen, vermutlich das Haupthaus, war zweistöckig. Sie standen auf einer sattgrünen Wiese mit ein paar Metern Abstand voneinander am Ufer eines Sees, den man zwischen ihnen grün glitzern sah. Links von dem Haupthaus war ein Nutzgarten angelegt, dessen linealgerade Reihen und sauber gestutzte Pflanzen einen starken Kontrast zu dem Wucher bildeten, der uns umgab. Vor dem Garten stand ein grüner Pick-up mit alten Säcken auf der Ladefläche. Es war gespenstisch still, und obwohl man unser Herannahen kilometerweit gehört haben musste, sahen wir keine Menschenseele.

Wir hielten mit unseren Motorrädern am Anfang des Vorhofes. Ich spürte, wie sich die Journalistin fragend zu Emil umsah. Der versuchte es mit einem aufmunternden Blick, schien aber auch leicht verwirrt. Ich schnallte meinen Helm ab und ließ die Journalistin absteigen. Ich zögerte, selbst abzusteigen. Das hier war Emils Mission, und es blieb unklar, weshalb er die Fritteuse nicht alleine hatte abliefern können. Seine Verwunderung verwunderte mich. Hier ist niemand, flüsterte er mir zu. Ich fragte ihn, weshalb er flüsterte und was er erwartet hatte. Einen verwilderten Einsiedler mit einem dressierten Äffchen auf der Schulter, der uns einen prunkvollen Empfang bereitet? An der Art, wie sein Blick an dieser Frage hängen blieb, wurde klar, dass diese Vermutung nicht ganz abwegig war. Zum ersten Mal nach all den Kilometern, nach all den Tagen, nach all den Wochen und Monaten spürte ich wieder ein anderes Gefühl in mir aufsteigen als Trauer, Gleichgültigkeit und Wut. Hier im Dschungel, weit weg von den sicheren Mauern des Hanoi Coffee Club & Grill, erregte die Erinnerung an dessen Gesellschaft blanken Ekel in mir, und Emil, nur und ausschließlich auf der Jagd nach seiner eigenen Geschichte, hatte seine Maske des Überallemstehens soeben verloren und sich als die Mitte dieser Gesellschaft enttarnt. Die Angst, ohne Triumph zurückkehren zu müssen, im Hanoi Coffee Club & Grill mit leeren Händen in der Masse zu verschwinden, seiner exzentrisch brüllenden Einzigartigkeit beraubt jegliche Aufmerksamkeit zu entbehren und sich mit dem Leben anderer Menschen beschäftigen zu müssen, triefte ihm förmlich aus dem Gesicht. Ich zischte ihm zu, dass sie wahrscheinlich alle gerade bei der Arbeit seien, er die Fritteuse abliefern sollte und wir dann wieder fahren würden.

Offensichtlich überrascht von dieser unerwarteten Anweisung, wandte Emil sich dem Haupthaus zu und fragte laut rufend, ob jemand da sei, erst auf Deutsch, dann auf Vietnamesisch, dann auf Englisch. Langsam ging er auf das Haus zu, aber es regte sich nichts. Erst nach dem dritten Rufen öffnete sich die Tür und eine Frau fortgeschrittenen Alters trat auf die Holzterrasse. Sie blickte nur kurz auf und besann sich dann wieder auf ihre Zehenspitzen: Was wir wollten, fragte sie auf Vietnamesisch und Emil übersetzte. Er erkundigte sich nach dem Herrn aus Deutschland. Als Reaktion spannten sich Nacken und Kiefer der Alten, sie drehte sich um und ging wortlos ins Haus zurück. Emil sah uns irritiert an, aber da stand sie schon wieder auf der Terrasse. Der Herr ist nicht da, sagte sie leise. Er arbeitet mit Studierenden oben im Dschungel. Sie deutete unbestimmt in Richtung eines Berges, der sich hinter dem grünen See erhob. Gut, dann warten wir, erwiderte Emil. Die Frau schaute ihn jetzt direkt an und sagte, dass der Herr heute Abend nicht wiederkommen werde. Emil hob die Fritteuse hoch, als sei sie das schlagende Argument, das jetzt von seinem ausgestreckten Arm baumelte, und sagte, er habe ihm etwas zu geben. Da wuselte sie wieder ins Haus und kam nach wenigen Sekunden zurück – wir könnten in einem der Häuser schlafen, vielleicht werde er morgen kommenn – und lief hektisch die Treppenstufen herunter und zu der ersten Hütte. Wir konnten ihr kaum folgen. Am ersten Haus angekommen, schlug sie die Tür auf und deutete auf zwei Betten, die in einem großen, kahlen Raum standen. An einer Seite sah man eine schmale Tür, wahrscheinlich das Bad, auf der anderen Seite führte eine Plastiktür, die nur aus Rahmen und Fliegengitter bestand, zu einem Holzbalkon, der auf den See hinausragte. Wir könnten hier schlafen, sagte sie, sie würde uns bringen, was wir brauchten. Dann war sie weg. Wir setzten uns auf die Kanten der unbezogenen Betten und warteten. Sie kam nicht wieder. Als wir nach einer Weile aufstanden, um unser Gepäck zu holen, lagen vor der Tür frische Handtücher und Bettzeug.

Den Rest des Tages verbrachten wir liegend. Die Journalistin schlief, und als ich merkte, dass Emil an die Decke starrte, fragte ich ihn, was er nun tun wolle. Wenn er morgen früh nicht da ist, dann suchen wir ihn, sagte er. Wir fahren zu diesem Berg, auf der Karte habe ich nur eine Straße gesehen, und die führt zu diesem Berg. Dann müssen wir ihm ja begegnen. Seine Stimme verriet, dass er von seiner eigenen Theorie nicht so überzeugt war, wie er sein wollte. Ich rollte mich auf die Seite und schlief ein.

Ich wachte auf, weil es inzwischen dunkel geworden war und jemand das Licht angeschaltet hatte, das jetzt durch hellblaue Neonröhren summend den Raum flutete. Die anderen lagen nicht mehr in ihren Betten. Ich hatte Hunger, stand auf und stieß mit einer Vorahnung die Eingangstür auf. Davor standen ein Topf Reis und ein Plastikkorb mit gegartem Gemüse, daneben eine Schüssel Suppe. Ich spähte in die Dunkelheit, aber es war niemand zu sehen. Nicht einmal im Haupthaus brannte Licht. Ich trug das Abendessen auf den Balkon, wo ich die anderen beiden fand. Emil kniete im Lichtkegel der Außenlampe auf dem Boden und studierte versunken die Karte des Nationalparks, die Journalistin schrieb in ein schwarzes Notizbuch. Im Vorbeigehen fragte ich sie, weshalb sie eigentlich mitgekommen sei. Sie sagte, das sei ihr Job. Ich dachte an die Aktivist*innen in der deutschen Botschaft, aber sagte nichts. Emil rutschte unruhig auf den Knien hin und her, und ich setzte mich neben ihn an den Rand der Terrasse. Die Suppe war kalt. Meine Beine baumelten über dem jetzt tiefschwarzen See, den man nur als solchen erkennen konnte, weil der weiße Mond eine kalte Lichtstraße auf ihm hinterließ. Ansonsten war nichts zu sehen.

Sind im Cúc Phương Nationalpark angekommen. Erster in Vietnam eröffneter Nationalpark, besteht in erster Linie aus tropischem Regenwald. Ist unter anderem für seinen umfangreichen Schmetterlingsbestand bekannt, rund 400 Arten leben hier. Haben den Deutschen, der die Fritteuse kaufen will, nicht angetroffen. Morgen wollen wir ihn im Nationalpark suchen.

Bis dahin hängen wir in der kleinen Hütte herum, die uns zugeteilt wurde. Sie hat einen Balkon auf einen See hinaus, und schon hier lässt sich die Schönheit der Natur um uns herum erahnen. Alle sind froh, dass die anstrengende Fahrt erstmal vorbei ist, entspannt, es ergibt sich sogar ein Gespräch. Nachdem die Sprache auf meine Arbeit kommt, frage ich, was sie hier in Vietnam eigentlich machen: kochen und Fritteusenhandel / ein bisschen schreiben.

Aber weshalb Vietnam? Keine Ahnung, keine Antwort. Einfach weg? Ja. Und nein, denn natürlich sei hier alles einfacher, freundlicher, schöner. Aus mir platzt heraus, dass ich den Eindruck habe, viele Expats kreisen nur um sich selbst. Rede mich in Rage und merke, dass ich sie verloren habe; sie nicken, u. ich ärgere mich über mich selbst, über sie, über dieses Projekt. Frage mich jetzt vor allem, ob das alles noch Sinn ergibt.

Irgendwann faltete Emil die Karte zusammen. Obwohl wir im Dschungel waren, war es still. Nur ab und zu durchschnitt der Schrei irgendeines Tieres die Nachtruhe.

Hier ist absolute Ruhe und Freiheit, vielleicht bleibe ich hier und schreibe, sagte ich zu Emil. Er lachte auf. Freiheit ... und die müssen hier arbeiten. Er sah mich von der Seite an. Das mit dem Buch, sagte er ernst, das wird doch niemals etwas. Selbst wenn. In dem Moment, in dem du fertig wärst ... was wärst du denn dann? Nichts. Ich fragte ihn nicht, was er wäre, wenn wir den Einsiedler morgen nicht finden würden. Er hatte sich heute schon hinreichend offenbart. Nach der alles überlagernden Taubheit und der auf sie gefolgten Wut stieg in mir plötzlich eine fast gönnerhafte Zuneigung auf. Also fragte ich ihn stattdessen, ob er den Text von *Me and Bobby McGee* kenne. Er kannte ihn nicht.

In dieser Nacht schlief ich erst kurz vor dem Morgengrauen ein. Ich hatte ja tagsüber geschlafen.

Wir wachten mit den ersten Sonnenstrahlen auf und fanden das Frühstück in Form von drei Schalen kalter Phở vor der Eingangstür. Wieder regte sich nichts. Vom Einsiedler keine Spur.

Wir aßen auf dem Balkon. Von dort aus sah man jetzt, dass der See hellgrün war und der Dschungel, bis auf den Abschnitt, an dem die Häuser standen, an seinem Ufer wuchs. Hinter den tiefgrünen Baumkronen und den vielfarbigen Zwischengewächsen bliesen sich runde, grüngraue Berge wie Blubberblasen aus feuchtem Boden auf. Nur einer, der größte, war kegelförmig und hatte eine kahle Spitze. Der See schluckte die aufgehende Sonne. Aus den Baumkronen stoben Vogelschwärme auf, aber man konnte nicht erahnen, was sie aufgeschreckt hatte. Sonst herrschte unendliche Stille.

Emil verschwand vom Balkon und tauchte nach einer Weile wieder auf. Er habe den Einsiedler nicht gesehen, informierte er uns mit unverkennbar aufgeregter Stimme, mit der er seine freudige Erwartung aber zu unterdrücken versuchte. Er bemühte sich um einen besorgten Blick. Wir müssen ihn dringend suchen, den Menschen, wir haben die Fritteuse versprochen, es gebe diese Straße. Ich kannte seine Ausführungen bereits und ließ meinen Blick über das Wasser gleiten. Mücken hinterließen haarfeine Ringe auf der Oberfläche. Ab und zu schmatzte es aus der Tiefe. Neben mir seufzte die Journalistin. Emil schien am Ende seiner Ausführungen angekommen zu sein. Er deutete auf den Kegelberg mit der kahlen Spitze. Da müssen wir hin. Sie nickte nur und nippte an ihrer Phở.

Nach dem Frühstück stiegen wir auf unsere Motorräder. Als wir sie anließen, heulten die Motoren in die Stille hinein wie hungrige Dschungeltiere. Trotzdem blieb es in und um die Häuser regungslos. Emil ließ mich heranrollen und deutete auf die Karte. Die Straße geht hier hinter dem Garten weiter, brüllte er in das Geknatter hinein und zeigte auf der Karte, wie der Weg durch den Dschungel bis zum Berg verlief. Wir können uns nicht verfahren.

Die Straße war tatsächlich glatt asphaltiert und befahrbar. Irgendjemand schien zu verhindern, dass der Dschungel sich ihrer annahm. Denn obwohl sie links und rechts von einer undurchdringbaren Pflanzenwand befriedet war, die über ihr zu einem Dach zusammenwuchs, konnte sie sich unbeirrt und stetig gleich breit vorwärtsschlängeln. Es war ein langer, immergrüner Tunnel. Es gingen auch keine Wege und Pfade ab, nur hier und da konnte man erahnen, dass sich einmal ein Mensch seinen Weg durch das Dickicht geschlagen hatte. Das Licht drang nur an wenigen Stellen durch das Laubdach, manchmal fanden wir Schlangen, die den warmen Asphalt genossen. Ich spürte, wie die Journalistin dann die Beine anzog. Nur einmal blieb Emil stehen und schaltete den Motor aus. Ich hielt neben ihm. Binnen Sekunden waren wir von Gezwitscher umschlossen. Emil sagte, ihm sei etwas ins Auge geflogen oder habe ihn gestochen. Daraufhin fuhren wir mit geschlossenem Visier.

Nach zwei Stunden kamen wir an das Ende der Straße auf einen Schotterplatz. Bis dahin waren wir niemandem begegnet. Es hatte keine Spuren von Menschen gegeben, keine Gummischmiere auf glattem Asphalt, keine Plastikverpackung am Fuße der Baummauer, keine plattgewalzten Kleintiere. Es schien, als hätte der Dschungel nur den einen zerstörerischen Eingriff geduldet. An der gegenüberliegenden Seite des Platzes führte aber gut sichtbar ein Pfad ins Dickicht. Vor uns lag der spitze, höchste Berg. Wir parkten die Motorräder und stiegen ab. Andere Fahrzeuge waren auch hier nicht zu sehen, aber Emil bemerkte es entweder nicht oder sagte nichts, er ging, inzwischen verbissen, zu dem Weg, und wir folgten ihm.

Der Weg musste vor langer Zeit angelegt worden sein, in einigen Abschnitten war er mit klobigen Steinen gepflastert, die hier und da aus der Erde ragten, in anderen war er lediglich ein Trampelpfad. Wir befanden uns jetzt mitten im Dschungel, denn obwohl der Pfad gerade noch zu erkennen war, wucherten wildes Gestrüpp und Bäume überall und ließen lediglich einen schulterbreiten Durchgang offen. Nur ab und zu sahen wir über unseren Köpfen ein Stückchen Himmel. Die Hitze staute sich hier, sie dampfte vom Boden, sammelte sich in der Flora und konzentrierte sich in Kopfhöhe. Überall summte, stach und juckte es, und unsere langärmligen Hemden klebten an Brust und Hals. Ich trug die Jeans, die Emil mir vor unserer Abfahrt gegeben hatte, und die dünnen Tennisschuhe an meinen Füßen hätten auch dem kleinsten Schlangenbiss keinen Widerstand geleistet. Die Journalistin war besser ausgestattet, sie trug eine eng anliegende lange Sporthose und Wanderschuhe. Dennoch zuckte sie bei jedem Rascheln zusammen. Emil dagegen hatte nur eine Shorts und Segeltuchschuhe dabei und war den Gefahren des Dschungels damit wohl am hilflosesten ausgeliefert. Das war zu diesem

Zeitpunkt aber wohl nicht seine erste Sorge, denn während er verbissen voranschritt, um in blanker Erregung sein Ziel zu erreichen, war sein linkes Augenlid auf eine beunruhigende Größe angeschwollen, und die Tränendrüse sonderte dauerhaft ein gelbes Sekret ab. Emil ging voran, hinter ihm die Journalistin, und als er sich einmal umdrehte, stieß sie einen kleinen Schrei aus. Wir blieben mitten auf dem Weg stehen und wuschen sein Auge mit Trinkwasser aus. Dann band er sich sein Halstuch quer über das Gesicht, in erster Linie wohl, damit wir die Entwicklung seines Sehorgans nicht mehr sahen und ihn nicht mehr zur Umkehr aufforderten.

Nach ungefähr einer Stunde kamen wir an eine gerodete Fläche. Der Pfad verlor sich hier unter nachwachsendem Gras und stachligen Büschen. Wir liefen eine zeitlang hin und her, bis wir den Weg wiederfanden. Hier hatte sich die Flora verändert, die zuvor niedrigen Bäume ragten nun hoch in den Himmel. Die Stämme standen weit auseinander, und dazwischen wuchsen weniger Pflanzen. Dafür schlängelten sich riesige Wurzeln über den Boden, und an den Stämmen waren pestbeulenartige Knubbel zu sehen. Die dichten Blätter dieser Riesen ließen noch weniger Sonne durch als die Pflanzen zuvor, dafür war es angenehm kühl. Nach ein paar Metern wurde der Pfad zu einer Treppe, die nun steil bergauf führte. Die Treppe war augenscheinlich erst vor wenigen Jahren gebaut worden, denn die in ihr verarbeiteten Steine waren nur an den Rändern überwachsen. Gefühlt stiegen wir stundenlang hinauf. Wir atmeten gleichmäßig und waren in Gedanken versunken, Hitze und Anstrengung hatten das Haupthirn ausgeschaltet. Für einen Moment vergaß ich, warum wir hier waren, warum ich aus Hanoi weggefahren war und auch, was Hanoi in den letzten Monaten für mich bedeutet hatte. Für einen Moment war ich einfach nur hier.

Am Ende der Treppe führte der Pfad nahtlos weiter, und das Gestrüpp an den Seiten wurde wieder dichter. Die Luft war jetzt so feucht, dass sich Schweiß und Wassertröpfchen zu einer fließenden zweiten Haut verbanden. Zwischen den Pflastersteinen bildeten sich kleine Pfützen. Wir konnten nur bis zur nächsten Biegung sehen. Emils Tuch war inzwischen durchnässt und dreckig und hing ihm halb vom Kopf herunter. Wir hatten schon lange kein Wort mehr gesagt. Als wir um die nächste Biegung kamen, standen wir vor einem Abgrund. Aber ein paar Schritte rechts von uns befand sich eine ehemals prachtvolle, jetzt verwitterte Steinbrücke, die sich auf vier verzierten Bögen ihren Weg über das kleine Tal bahnte. Ihre pompöse Balustrade war an einigen Stellen eingebrochen, und Moos und Wetter hatten den ehemals grauen Stein an vielen Stellen grün eingefärbt. Die Bäume aus dem Tal ragten bis zu ihr hinauf und schienen sie zu tragen, aber wir konnten nicht erkennen, ob ihr Boden vollständig intakt war. Uns blieb nichts anderes übrig, als sie zu überqueren. Wir erreichten ohne Zwischenfälle die gegenüberliegende Seite, wo sich der Weg weiterschlängelte, als wäre er nie unterbrochen worden.

Irgendwann kamen wir an eine Höhle. Der Pfad führte daran vorbei, aber Emils Auge war inzwischen so entzündet, dass das gelbe Sekret unter dem Tuch hervor die Wange herunterlief. Wir setzten uns auf einen Stein vor der Höhle, wuschen das Auge aus und drehten das Tuch um. Emil war so gereizt, dass er die Journalistin nur unverständlich anfauchte, als sie abermals zur Umkehr riet. Du brauchst dringend medizinische Versorgung, sagte sie. Im Basislager ist auch niemand, schnappte Emil. Da musste ich ihm recht geben. Um ihn aufzuheitern, deutete ich auf den Höhleneingang. Vielleicht sind sie da drin. Emils Gesicht veränderte sich sofort, mit einer Mischung aus Dankbarkeit und Erregung sah er mich an, stand auf und ging langsam in die Höhle. Die Journalistin folgte ihm. Als sie bemerkten, dass ich nicht hinter ihnen war, riefen sie aus dem Bauch des Berges dumpf nach mir. Ich ließ sie wissen, dass ich auf keinen

Fall mitkommen würde. Dann stell dich wenigstens an den Eingang, damit du hörst, wenn wir rufen, schnaubte Emil aus dem schwarzen Loch heraus. Ich stellte mich direkt vor den Eingang und spähte in gähnende dunkle Leere. In mir stieg ein klammes Gefühl auf, ein Gefühl der Angst, das sich aber von der Angst der letzten Monate deutlich unterschied, Platzangst. Angst vor der Enge, Angst vor der Dunkelheit, Angst vor dem Ersticken. Eine mir wohlbekannte Angst, die mich seit meiner Kindheit von Spiegellabyrinthen und schlauchigen Wasserrutschen ferngehalten hatte, eine Angst davor, in solchen Situationen mit an Sicherheit grenzender Wahrscheinlichkeit zu sterben. Ich machte einen Schritt zurück, blickte zu den Baumwipfeln empor und holte tief Luft. Für einen Moment war ich glücklich über diese Angst, glücklich darüber, offenbar wieder am Leben zu hängen.

Nach einer halben Stunde kamen die beiden zurück. Sie hatten niemanden gefunden.

Also gingen wir weiter. Wir liefen stundenlang. Der Weg blieb der gleiche, der Boden blieb der gleiche, die Pflanzen blieben gleich. Wir schwiegen. Emil versuchte zeitweise, Fliegen und Mücken von seinem Auge zu vertreiben, aber auch das gab er irgendwann auf. Wir gingen am Gipfel vorbei, bemerkten, dass wir wieder bergab liefen und es keinen Aussichtspunkt gab. Nirgendwo fanden wir Anzeichen von Menschen oder Pfaden, die vom Hauptweg abführten. Der Weg verlief ab einem bestimmten Punkt einfach wieder abwärts. Und wir folgten ihm. Emil war so frustriert, dass er meterweit hinter uns lief und, als wir einen kleinen Bach vorsichtig auf glitschigen Steinen überquerten, einfach durch das Wasser hindurch watete und seinen vollkommen durchnässten Schuhen keine Aufmerksamkeit schenkte. Stundenlang sah der Weg genauso aus wie der, auf dem wir gekommen waren. Auch die Umgebung war die gleiche. Aber der Verlauf war ein anderer, und irgendwann stellte die Journalistin die mehr und mehr berechtigte Frage, ob wir nicht besser umkehren sollten, weil es keine Garantie gebe, je wieder bei den Motorrädern herauszukommen. Emil stapfte weiter und stellte ein für alle Mal klar, dass es kein Umkehren gebe. Es bestehe immer noch eine Chance, dem Einsiedler in die Arme zu laufen. Also trotteten wir weiter.

Es dämmerte schon, als sich der Weg urplötzlich öffnete und die Sicht auf eine wunderschöne, gleichzeitig grauenhafte Kulisse freigab, die sich uns in der blutroten Abendsonne bot. Das, was sich uns da offenbarte, musste einst ein Feriendorf gewesen sein oder ein Erholungslager, es hatte etwas von vergangenem Luxus und zugleich etwas so Gespenstisches, dass uns der Atem stockte. Vor uns lag eine Art Rondell, gebildet durch eine asphaltierte Straße mit einer auslaufenden runden Grasfläche in der Mitte. Auf dem Rasen stand ein stillgelegter verwitterter Brunnen, aus dessen Öffnung Farne herauswuchsen. Hinter dem Brunnen erhob sich ein langgestrecktes Haus mit flachem Dach, eine große Halle aus Beton, wie aus einem Guss, mit einer runden Vortreppe und Säulen vor dem Haupteingang an der länglichen Seite des Gebäudes. In den gläsernen Eingangstüren, die aus den Angeln hingen, zeigten sich große Risse, und auch die Fenster waren teilweise gesprungen. Links, auf unserer Seite des Rondells, standen mehrere kleine, zweistöckige Häuser aus gelbem Holz, barackenartig. Sie sahen intakt aus, die Türen waren wohl verschlossen, aber aus den gähnenden Fensteröffnungen war das Glas herausgesplittert. Vor diesen Baracken war ein Bus geparkt, ein Reisebus aus einem anderen Jahrzehnt, dessen Lackierung abblätterte und dessen Reifen längst geplättet auf dem grauen Asphalt auflagen. Er stand leicht nach rechts abgesackt unter einem Baum, aber die Frontlichter waren intakt, und er sah aus, als würde er jeden Moment, wie von Geisterhand gesteuert, auf uns zu fahren. Gegenüber der großen Halle, auf der anderen Seite des Rondells lag hinter einem völlig verwitterten, eingefallenen Mäuerchen ein steinernes olympisches Schwimmbecken. Die Startblöcke aus Beton mit ihren verblassten Nummern waren so gut wie unversehrt, aber zwischen den steinernen Platten, die diesen Pool umgaben, brachen Gras und Bäumchen hervor. Der Pool war von Regen und Schlamm überlaufen und das Wasser gekippt. Die rote Sonne hinterließ darauf eine längliche goldbraune Spur. Über dieser ganzen Szene lag eine gespannte Stille. Irgendjemand musste diesen Ort fluchtartig verlassen haben, nicht einmal den letzten Bus hatten sie mitgenommen. Emil atmete schwer, die Journalistin stand wie angewurzelt.

Ich fand es wunderschön. Mitten im Dschungel hatte es menschliches Leben gegeben, und es war wieder verschwunden. Ich ging über die Grasfläche auf die große Halle zu. Im Näherkommen sah ich durch die Fensteröffnungen Pulte und Stühle, die im ganzen Raum verteilt waren, und eine große Bühne. Die Wände waren mit ockerfarbenen Malereien im Sowjetstil verziert, wehende Fahnen, Frauen bei der Ernte, Männer unter Tage, Kinderchöre in Schuluniformen. Alles wie ein durchgehender Comicstrip rund um den Raum gemalt. Durch die Fenster an der Hinterseite der Halle hatte sich der Dschungel seinen Weg gebahnt, und kleine Palmen streckten neugierig ihre Äste in den Raum. Das alles schien wie konserviert. Die runde Außentreppe war spröde und an einigen Kanten schon zerfallen, genauso wie die Eingangssäulen links und rechts der Türen. Vorsichtig schritt ich die drei flachen Stufen nach oben und drückte langsam die rechte Glastür ein, die nur noch in einer Angel hängend ächzte. O Gott, hörte ich Emil hinter mir stöhnen. Ich hatte nicht einmal bemerkt, dass er mir gefolgt war. Der Boden der Halle war übersät mit toten Schmetterlingen. Sie hatten samtige, dunkelblaue Flügel und lagen so dicht, dass die Dielen unter ihnen vollkommen verdeckt waren. Nichts regte sich. Kein Schmetterling flatterte durch die Luft. Sie waren alle tot. Was ist denn hier passiert, sagte Emil, wohlwissend, dass er auf diese Frage keine Antwort bekommen würde. In mir stieg der mir vertraute Ekel auf, tiefe, brüllende Leere, ein Sehnen nach etwas. Mein Kopf wie bewölkt und Füße, die meilenweit von meinem Rumpf entfernt schienen und unsicher Halt suchten. Emils Stimme drang wie durch Watte in meine Ohren. Guck mal, keine Kokons, die kommen hier nur zum Sterben hin. Der Ekel verblasste und wich der Erinnerung an den Zoobesuch mit der Tante. Sie lebten nur einen Tag, aber wenigstens hatten sie hier ihren Ort zum Sterben frei gewählt. Das machte einen Unterschied. Ich konnte mich lange nicht von diesem Anblick losreißen.

Lange Zeit später lösten wir uns von der Halle und sahen die Journalistin, die wieder zu sich gefunden hatte und mit gebührendem Abstand von allem Fotos schoss. Gerade konzentrierte sie sich auf das aufgeschlagene Fahrtenbuch, das auf der Handschuhfachablage des Busses lag. Die goldrote Sonne verschwand hinter der Bergspitze, die wir gesehen, aber nie erreicht hatten, und uns beschlich langsam die Befürchtung, an diesem Ort übernachten zu müssen, sollten wir unsere Motorräder nicht vor Einbruch der Dunkelheit finden. Wir riefen die Journalistin zum Aufbruch und liefen dann weiter. Nach einigen Metern brach der Weg plötzlich ab, und nur ein kleiner Trampelpfad führte weiter ins bereits düstere Dickicht. Ich lief ein paar Meter durch das Geäst und stand dann auf dem Pfad, auf dem wir ursprünglich losgelaufen waren. Ich rief die anderen beiden, wir gingen um zwei Ecken, und da standen unsere Räder. Offensichtlich war der Schotterplatz als Parkplatz gedacht gewesen, der als unfertige Baustelle ebenso überstürzt verlassen worden war wie das Lager. Es breitete sich Erleichterung aus, und die Sonne ging vollends unter.

Das Licht unserer Motorräder wurde fast gänzlich geschluckt, als wir von dem provisorischen Parkplatz zurück in den nachtschwarzen Dschungeltunnel fuhren, zurück in Richtung Basislager. Ich spürte, wie die Journalistin, die wieder auf meinem Motorrad Platz genommen hatte, sich hinter mir verkrampfte, aber ich fühlte mich auf einmal wohlig sicher, eingehüllt von Dunkelheit und dem beruhigenden Lärm unserer Motoren. In dem Dunkel war es kühl, und die Pflanzen sonderten einen süßlichen Nachtduft ab. Emil, der voranfuhr, hatte seinen Lichtkegel geradeaus gerichtet, um die kommenden Kurven früh genug zu erfassen und trieb mit einem halsbrecherischen Tempo zur Eile. Ich versuchte mitzuhalten, die Nacht flog um uns herum, mein Visier war geöffnet, und der Fahrtwind trieb mir Tränen in die Augen. So bretterten wir einige Zeit durch die Dunkelheit, bis ich beinahe die Kontrolle über mein Motorrad verlor. Ich hatte mich gerade in die Kurve gelegt, und die Journalistin tat es mir gleich, als das Hinterrad mit einem lauten Knall wegrutschte, schlingerte und die Bremse nicht mehr griff. Ich spürte, wie wir beide reflexartig die Füße auf den Boden stellten, sie einige Meter über den Asphalt schliffen und erst einen stabilen Stand fanden, als auch das Motorrad zum Stehen kam. Emil hatte von alldem nichts mitbekommen, und sein rotes Rücklicht verschwand röhrend in der Nacht, bis wir ihn nicht mehr hörten. Ich schaltete den Motor aus, und sofort wurde auch das letzte bisschen Kontur vom unendlichen Schwarz geschluckt. Im Dunkeln untersuchten wir tastend den hinteren Reifen, er war geplatzt. Was machen wir jetzt?, fragte die Journalistin. Wir müssen schieben, bis Emil bemerkt, dass wir nicht mehr hinter ihm sind, antwortete ich. Dann kannst du dich auf seinen Rücksitz setzen, und ich fahre mein Motorrad langsam hinterher. Daran, dass sie nicht antwortete, konnte ich deutlich spüren, wie wenig einverstanden sie mit dieser Lösung war. Ich schaltete also das Licht des Motorrads wieder ein und richtete es vor uns auf die Straße. Hinter mir begann die Journalistin zu schreien, sie schrie, wie ich noch niemanden je hatte schreien hören, so voller Schreck und Verzweiflung, dass es mir durch Mark und Bein fuhr. Die gesamte Straße vor uns war belebt von Spinnen. Sie mussten mit Einbruch der Dunkelheit auf den noch warmen Asphalt gekommen sein und wuselten jetzt unbeeindruckt durch unseren Lichtstrahl. Und die Journalistin schrie. In diesem Moment wusste ich tatsächlich nicht mehr weiter. Es gab keine Möglichkeit, nicht auf der Straße zu stehen, denn wer weiß, was uns im dichten Gestrüpp am Straßenrand erwartet hätte. Ich wusste nicht, ob diese Spinnen giftig waren. Und wir hatten keinen Stock, um sie abzuwehren. Die Journalistin hielt mein Handgelenk fest umklammert und versuchte schreiend, auf das Motorrad zu steigen. Ich hatte keine Angst vor Spinnen, aber ich hatte noch wenige Stunden zuvor vor einem Höhleneingang gestanden, und nur bei dem Gedanken daran, in die Tiefe zu steigen, hatte mich kalte Panik überwältigt. Ich konnte sie verstehen. Ich konnte ihre Angst fühlen. Ich hätte ihr gerne gesagt, dass ich sie verstehe. Und dass sie recht hatte, am Vorabend, dass ich jetzt mehr verstehe. Und mehr fragen will. Aber ich fand keine Worte. Stattdessen klappte ich den Motorradständer herunter und sagte ihr, dass sie sich auf die Maschine setzen könne und wir auf Emil warten würden. Um die Batterie zu schonen, schaltete ich das Licht wieder aus. Wir standen lange in der Dunkelheit. Ab und zu krabbelte eine Spinne meinen Knöchel hoch, und ich strich sie mit dem anderen Fuß ab, aber meistens ignorierten sie uns. Irgendwann hörte man von weitem ein Röhren, ich schaltete das Licht wieder an, und kurz darauf zerschnitt Emils Scheinwerfer die Nacht. Er blieb neben uns stehen, und die Journalistin fuhr ihn an, weshalb er nicht auf uns geachtet habe. Sie setzte sich auf seinen Rücksitz, und ich bestieg mein Motorrad. Mit dem geplatzten Reifen ließ es sich kaum unter Kontrolle halten, und so fuhren wir im Schritttempo los. Emil fuhr vor, das Licht geradeaus, und ich dahinter. Es waren Millionen von Spinnen auf der Straße, und es wurden nicht weniger. Ab und zu sprangen sie im Lichtstrahl. Und sie sprangen hoch. Wir müssen in dieser Nacht Tausende von ihnen getötet haben.

Stunde um Stunde fuhren wir im Schritttempo, ohne stehenzubleiben. Meine Arme und Handgelenke schmerzten vom Gegensteuern, und ich hielt den Lenker so fest umklammert, dass auch meine Schultern und der Nacken bis aufs äußerste gespannt waren. Ich war unendlich müde. Keine Kraft für Angst oder Gedanken. Nach langer Zeit sahen wir das Basislager in Form von zwei beleuchteten Fenstern im Haupthaus in der Dunkelheit auftauchen. Ich war sogar zu müde, um aufzuatmen. Wir stellten die Motorräder auf dem Parkplatz ab, aber niemand ließ sich blicken. Sie mussten uns gehört haben. Die Journalistin rannte zu unserer Hütte, stieß die Eingangstür auf und lief ins Bad, wo sie sich die Seele aus dem Leib kotzte. Emil und ich folgten ihr und sammelten das Abendessen ein, das auf dem Absatz stand und längst kalt geworden war. Als Emil seinen Helm auszog und sein Tuch mit ihm, tat er mir leid. Sein Lid war so geschwollen, dass es bereits das Auge verdeckte, und das gelbe Sekret tropfte an einigen Stellen, an anderen war es schon zu einer rissigen Kruste getrocknet. Er wartete, bis die Journalistin grün und blass aus dem Bad herauskam und spülte es dann vorsichtig vor dem mit Fliegenschiss verdreckten Spiegel aus. Ich legte mich, so wie ich war, auf das Bett und war eingeschlafen, bevor die Neonlampe ausgeschaltet wurde.

Krank.

In dieser zweiten Nacht erwachte ich plötzlich mit einer rasenden Unruhe im Bauch. Das Gefühl drückte mich auf die Matratze, es nahm mir den Atem, und gleichzeitig trieb mich eine zerstörerische Energie auf, kribbelte mir wie tausend Spinnen über Arme und Beine, ich konnte auf keinen Fall liegenbleiben. Ich stand auf und schlich leise auf den Balkon, tastete mich bis zum Rand, setzte mich und ließ meine Füße über dem Wasser baumeln. Ich blickte auf die Spiegelung des Mondes, der kleine Wellen in weißes Licht tauchte. Mit einem Mal wusste ich, dass ich mich jetzt entscheiden musste. Dass ich alles jetzt entscheiden musste. Es gab das Leben, das nicht wichtig war, weil ich morgen sterben könnte. Und es gab das Leben, das so wichtig war, weil ich morgen sterben könnte. Und dazwischen gab es das Jetzt, das in der nächsten Sekunde schon vorbei war. Und wenn ich hier bliebe, umgeben von Menschen, mit denen ich mich nicht verständigen konnte, nur um mich nie wieder verständigen zu müssen, um einfach weg zu sein von allem, dann war das Leben eine Aneinanderreihung immer gleicher Jetzte. Und dann waren die Verluste des gerade vergangenen oder des kommenden Jetzts absolut irrelevant. Aber wenn ich morgen fuhr, dann würde sich das gewesene Jetzt schon von dem kommenden unterscheiden. Und dann wäre der Verlust eines einzigen einzigartigen Jetzts ein herber. Ich saß, und die frische Kühle ließ meinen Nachtschweiß klebrig werden.

Nach Stunden begann das Schwarz blau zu werden, und die Luft roch unverbraucht und neu. Die Stille wurde noch stiller, aber mit jedem Baum und jedem Berg, deren Konturen sich grau aus dem heller werdenden Blau herausarbeiteten, wurde sie friedlicher. Nebelschwaden zogen langsam über den noch tiefgrünen See, und ich begann zu frieren. Ein erster Vogel schrie. Und dann brach plötzlich ein Sonnenstrahl über die Bergspitze, und aus dem Wald erhoben sich Millionen Vögel, sie stießen schreiend in die Luft, die Bäume rauschten, der See begann zu schaukeln, die Nebelschwaden zogen davon, und ein neuer Tag begann. Ich ging zurück in die Hütte und weckte Emil und die Journalistin.

Emils Auge war geschwollen wie zuvor und vollkommen verklebt. Er sagte nichts, aber die Art, wie er mit tapsigen Schritten ins Badezimmer wankte, verhieß nichts Gutes. Der Journalistin stand der Schrecken der letzten Nacht noch ins Gesicht geschrieben. Wir redeten nicht. Als wir die Hütte verließen, stand das Frühstück vor der Tür. Wir gingen zu unseren Motorrädern, und als wir gerade aufsteigen wollten, drehte Emil sich um und rannte auf das Haupthaus zu. Er trat gegen die Tür und schrie, dass sie rauskommen sollten, aber natürlich kam niemand. Emil kam zurück, schnallte mir die Fritteuse auf das Motorrad, ließ die Journalistin bei sich aufsitzen, und wir schlichen los.

Wir fuhren die Straße herunter, die wir gekommen waren, vorbei an der Bauarbeiterstadt, wo Emil nicht halten wollte, um den Reifen zu reparieren, über die Piste, stundenlang, bis zu dem Garten, bei dem wir geschlafen hatten. Danach begann der Abschnitt der Straße, den wir nur im Dunkeln befahren hatten. Damals hatte es so ausgesehen, als sei die Straße von dichtem Gebüsch gesäumt, aber jetzt sahen wir, dass die Umgebung nur gelbbraune Steinwüste war, nichts als Steinwüste, auf der die graue Asphaltstraße auflag, als würde sie sich nur kurz ausruhen. Die Mittagssonne stand so senkrecht, dass wir keine Schatten hinterließen, und drückte auf unsere Helme. Mitten in dieser Einöde stand am Straßenrand ein kleines, mit einer Lehmmauer umfriedetes Haus, auf dessen Vorhof ein dürrer Baum wuchs, unter dem eine provisorische Tanksäule stand. Wir fuhren auf das Haus zu, und durch unseren Lärm aufmerksam geworden, trat ein Mann auf den Vorplatz. Er lachte, als er uns sah. Wir hielten, und die Journalistin schleppte sich unter den Baum und übergab sich erneut. Der Mann holte ihr Wasser, und dann zeigte Emil ihm den platten Reifen. Der Mann nickte und lachte und lobte Emil für sein Vietnamesisch. Es schien, er brauchte für den Wechsel dieses Reifens, der uns so viele Stunden und so viel Kraft gekostet hatte, nur einen lachenden Sekundenbruchteil und einen kleinen Finger voll Kraft. Wir bedankten uns, bezahlten, und als wir schon im Wegfahren waren, bremste Emil noch einmal, schnallte die Fritteuse von meinem Motorrad, lief zurück und gab sie dem Mann, der sich irritiert bedankte und uns nochmal zuwinkte. Dann fuhren wir auf die Straße, auf dieses geschmeidige Asphaltband. Und wir beschleunigten. Wir beschleunigten auf fünfzig, auf neunzig, auf hundert. Der Reifen hielt. Wir beschleunigten, die Straße raste an uns vorbei, die Räder berührten kaum mehr den Boden, wir flogen, flogen, flogen, die Umgebung vermischte sich zu einem einzigen Gelb. Emil jauchzte vor mir auf seinem Motorrad, aber seine Stimme drang nur in Fetzen zu mir durch. In voller Fahrt drehte er sich zu mir um und rief etwas. Sein Motorrad und die Journalistin schwankten gefährlich. Ich verstand ihn nicht und drehte die Handfläche fragend nach oben. Da streckte er die Faust in den Himmel und rief noch einmal laut: Freiheit!

TEIL 4

Ich ging zurück nach Berlin, setzte mich in ein kleines Zimmer und schrieb meine Geschichte. Es war November, ich ging viel spazieren und kaufte mir *Me and Bobby McGee* auf Platte. Gut war gut genug für mich.

Manchmal dachte ich noch an Vietnam. Und an Kuba, Spanien und Australien. An all die Länder, in denen ich gewohnt und nicht gelebt hatte. Manchmal dachte ich auch an die Journalistin und ihre Fragen. Ihre Reportage war nie erschienen. Und oft dachte ich an Đức Minh und Viet Mạnh Hùng, die ich nie etwas gefragt hatte.

Als ich das Manuskript der Tante vorlegte, war sie enttäuscht. Sie fand, dass meine Geschichte kein wirkliches Ende gefunden hatte.

ALMOST EIN NACHWORT

Wir geben der Tante in diesem Punkt recht: Diese Geschichte hat kein wirkliches Ende gefunden – und das nicht ohne Grund. In diesem Roman werden die Lesenden dazu gebracht, teils ignorante, naive und politisch fragwürdige, eurozentrische Perspektiven einzunehmen. Das ist unangenehm und unbequem, weil sich vermutlich nicht wenige von uns in dieser Perspektive wiederfinden, ob wir wollen oder nicht. Wir können gendern und weltoffen sein, weit entfernte Länder bereisen und uns vormachen, dass wir dabei niemandem etwas zuleide tun, aber die Auseinandersetzung mit postkolonialen Strukturen und verinnerlichten Rassismen haben die wenigsten von uns gelernt. Und so sehr wir als Verlag und Autorin darauf aus sind, genau aus diesem Grund uns und anderen einen Spiegel vorzuhalten, möchten wir mit diesem Buch niemanden aktiv verletzen, der*die in den Hauptfiguren jene Ignoranz und Diskriminierung personifiziert sieht, der er*sie schon ein Leben lang ausgesetzt ist.

Während der Arbeit an *Dümpeln* haben wir sehr viel dazugelernt und sind damit noch lange nicht fertig. Wir möchten uns daher ausdrücklich bei allen bedanken, die uns immer und immer wieder auf Fehler, verletzende Sprache und blinde Flecken hingewiesen haben – ganz besonders bei Vanessa Vu, die uns mit ihrem klugen wie allumfassenden Sensitivity Reading unterstützt hat. Und wir möchten den Dialog an dieser Stelle öffnen, um einen Raum für weitere Perspektiven zu schaffen, als es dieser narrative Rahmen erlaubt:

DANK DER AUTORIN

Ein Buch zu schreiben – das hätte man der Hauptperson dieses Romans vielleicht auch mal sagen müssen –, ist kein einsamer, romantischer Prozess, der sich an einem geöffneten Erkerfenster mit wehendem, cremefarbenem Vorhang vollzieht, sondern viel Arbeit, in die viele Menschen gleichermaßen involviert sind. Daher möchte ich mich an dieser Stelle bedanken.

Bei Ilja, der mir die Sicherheit gegeben hat, ihm meine Texte zu zeigen und sie damit überhaupt zum ersten Mal mit jemandem zu teilen. Und der mich dann ermutigt hat, diesen hier zu veröffentlichen.

Bei meiner Familie, Mama und Mia, für alles, aber vor allem für das Zusammenwachsen und gemeinsame Wachsen der letzten fast vier Jahre.

Bei all meinen Freundinnen und Freunden, für ihr Zuhören, ihre Geduld, ihre Ermutigung in diesem Prozess. Allen voran Kerstin und Carla, die wortwörtlich Tag und Nacht erreichbar waren. Und Tim, Hendrik und Clara, die in ihren Sommerferien Social-Media-Inhalte für das Crowdfunding produziert und meine Ängste und Sorgen gelindert haben.

Dieses Buch hätte es aber vor allem ohne Almost Publishing nicht gegeben. Deshalb geht ein riesengroßer Dank an Marie Krutmann, die den Mut hatte, dem Text einer ihr völlig unbekannten Person und unveröffentlichten Autorin zu vertrauen. Und die zusammen mit Karina Elm und Juliane Noßack das Lektorat so professionell und gleichzeitig empathisch gestaltet hat, dass auch ich irgendwann diesem Text vertraut und sehr viel gelernt habe. Und an Hannah Calma und Tina Lurz, die das Crowdfunding und die Kommunikation dazu mit großer Ruhe und viel Kreativität auf die Beine gestellt haben. Ohne diese wunderbaren Frauen wäre das alles nicht möglich gewesen.

Ein großer Dank geht außerdem an das Studio Godewind, an Tim und Mieke Koenecke, die dem Buch erst sein Gesicht gegeben haben.

Und an Vanessa Vu, die das Sensitivity Reading mit großem Wohlwollen und Verständnis durchgeführt hat, und durch die mir einmal mehr das eurozentrische Handeln meiner Sprache bewusst geworden ist.

Dieser Roman ist entstanden in Erinnerung an Max. Die Geschichte ist so nicht passiert, und ich bin auch nicht die Hauptperson dieses Buches, aber Max war mein bester Freund.

Das Team von Almost Publishing bedankt sich außerdem für die tolle Vertriebskooperation beim mairisch Verlag, der unsere Fritteuse ohne Zögern mit auf die Reise in den Buchhandel genommen hat. Danke an Lena Renold für die richtige Idee zum richtigen Zeitpunkt und an Lena Lammers für ein so kreatives und wohlkonzipiertes Crowdfunding-Video.

Und natürlich wäre dieses Buch ohne unsere Community nicht möglich gewesen. Daher gilt unser besonderer Dank all unseren Unterstützenden aus dem Crowdfunding, darunter Ann-Kathrin Canjé, Regina Denk, Harriet Dohmeyer, Andrea Felder, Anika Geyer, Timothy Hobden, Anne-Sophie Hoffmann, Karina Iglhaut, Florian Kern, Marvin Klother, Sebastian Martinez, Ramona Nemec, Lukas Nüse, Maximilian Paleschke, Laurence Pardieu-Duthil, Kerstin Sandow, Lara Schönbrunn, Lea Senneka, Kristina Steinle Dueñas, Alexandra Stiller, Emily Theokritoff, Christina Waimann und Kristin Weber.

Alle Personen in diesem Roman sind fiktiv.
Ähnlichkeiten mit lebenden oder toten Personen sind rein zufällig.

FSC
www.fsc.org
MIX
Paper | Supporting responsible forestry
FSC® C103625

1. Auflage 2024

Sensitivity Reading: Vanessa Vu
Covergestaltung, Layout und Satz: Godewind, Hamburg
Druck und Bindung: KOPA, Litauen

The art of printing / KOPA

kopa.eu

ISBN 978-3-911101-00-4